执 恋

张黎 \ 著

宁波出版社

图书在版编目(CIP)数据

执恋/张黎著. -- 宁波：宁波出版社，2023.10
ISBN 978-7-5526-5141-6

Ⅰ.①执… Ⅱ.①张… Ⅲ.①长篇小说—中国—当代
Ⅳ.①I247.5

中国国家版本馆CIP数据核字(2023)第193938号

执 恋
ZHILIAN

张　黎　著

责任编辑	罗樱波
责任校对	叶呈圆
装帧设计	金字斋
出版发行	宁波出版社
	（宁波市甬江大道1号宁波书城8号楼6楼　315040）
网　　址	http://www.nbcbs.com
印　　刷	宁波白云印刷有限公司
开　　本	889mm×1194mm　1/32
印　　张	7.75
字　　数	136千
版　　次	2023年10月第1版
印　　次	2023年10月第1次印刷
标准书号	ISBN 978-7-5526-5141-6
定　　价	48.00元

如发现缺页或倒装，影响阅读，请与出版社联系调换，联系电话：0574-87248279

目录

第一章　林姗姗　　/1

第二章　欧阳宇　　/37

第三章　过　往　　/65

第四章　纠　缠　　/83

第五章　反　击　　/111

第六章　交　锋　　/143

第七章　爆　发　　/171

第八章　出　走　　/197

第九章　尾　声　　/225

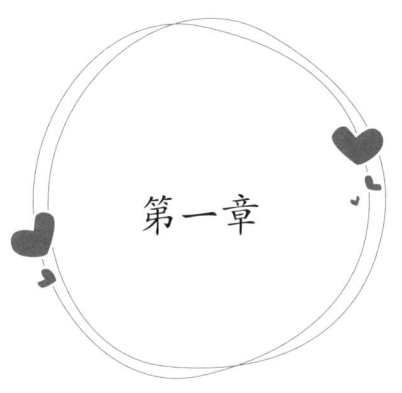

第一章

林姗姗

1

五月的湖城,虽说是春天,却已有着初夏的痕迹。在这人影交错的闹市,多的是打扮入时的摩登女子。春夏之交,迫不及待在裙摆下裸露出来的小腿,有意无意从七分袖里伸出来的胳膊,以及在V字领口中左顾右盼的脖颈,它们在捂了一整个冬天之后,此时,摇摆在花红柳绿的街头,雪白得几近晃眼。

林姗姗从来都不是最耀眼的那一个。不像许多职场丽人,每天把自己收拾得光彩照人出现在同事面前,林姗姗站在化妆镜前的时间实在不多,她通常素颜出门,偶尔需要出席重要场合才拾掇一下自己。好在她虽谈不上沉鱼落雁,倒也是眉清目秀,雅致的五官镶嵌在白皙的皮肤上,组成了一张柔和宁静的脸。她既不招摇也不落伍,总是得体地,以一种与世无争的姿态,在人群中若隐若现。

从微醺的春风中抽离出来拐进大楼，林姗姗觉察到，素日安静的电梯厅今天十分嘈杂。总共四部电梯，此时有两部在紧急维修，平日分散在二十多个楼层上班的职员，只能排着长队等待另两部电梯分批运送，人群中弥散着焦虑与怨气。

队伍前进的速度着实有些慢，林姗姗忍不住望了望大理石墙面上的挂钟，又回头看了看透迤的队伍。转回身时她想起，刚才那不经意的一瞥，一张熟悉的面孔映入余光。如果要给这张脸画一幅漫画，她可以画得相当顺手：浓密微卷的黑发，棱角分明的脸形，鼻梁上架着黑边眼镜，神情严肃。事实上，林姗姗从未正视过这张脸，如果要画那双藏在镜片后面的眼睛，她无从下手。她只知道，这双眼睛里，有光。

电梯再次停在一楼，林姗姗步入轿厢。无须回头，她就可以断定，那双眼睛正默默地注视着自己。像之前的许多次不期而遇一样，很快，她就将那张脸抛在了脑后。

走进办公室，林姗姗看到桌上已经放了几份文件，透过百叶窗的间隙，她望见助理正迈着紧凑的步子向这边走来。她知道，这又将是无心旁顾的一天。

林姗姗是公司的财务副总监。平心而论，与数字相比，她更喜爱文字。学生时代的她，枕边总是放着几本古诗词和名家随笔，以便于睡前醒后随手翻阅。难得的是，林姗姗可以在偏爱着文字的同时,将数字驾驭得游刃有余。因而,当她听从父母之言,选择了实用的财务管理专业之后,一切发展得顺风顺水。

下班前,孙灵飞的微信消息在林姗姗的手机界面一跃而出:"我在芭堤雅,周末回。下周三中午有空的话,我们见一面。"

林姗姗的生活脉络,孙灵飞了如指掌。她晓得见林姗姗是需要预约的,至少提前一天,最好提前一周。林姗姗是个大忙人,白天公务缠身,晚上围着女儿和丈夫转,想见她一面,确实有点难。况且,她还是个慢热分子,就算见发小,她也要在心里提前预热。因此,趁着游客们自由活动的时间,导游孙灵飞蜷在椰树间的吊床里,给林姗姗发出了预约短信。

约会如期而至。林姗姗早早地在公司附近的一家中餐厅找了个靠窗的位置坐下来,并点了几个孙灵飞爱吃的菜。不一会儿,孙灵飞丁零当啷地进来了。

孙灵飞瘦高个,偏爱波希米亚风格,常常是耳垂挂着长长的坠子,脖颈系着繁复的链子,裙摆上还有数不清的小串珠相互撞击着,她的一举手一投足都自带音效。

"几日不见,又美了几分!"林姗姗俏皮地打趣。

"那可不!"孙灵飞挺直脖子,抬起眉毛,故作优雅地说,"本宫饿极,可以上菜了吗?"

正说着,服务员端上来一盘粉嫩的龙井虾仁和一份金灿灿的炸响铃,孙灵飞会意一笑:"到底是你懂我!"话音未落,几只虾仁已落入嘴里。

约莫吃到两三分饱,孙灵飞放下筷子,面露神秘之色:"你猜我在泰国遇见谁了?"

"谁?"

"你肯定猜不到!"

林姗姗不语,她知道,只要继续保持沉默,孙灵飞憋不了多久,就会摊牌。果然,孙灵飞的脸上现出一丝诡秘,那通常预示着一段八卦即将开播。林姗姗忍不住轻笑。

"沈、书、遥!"孙灵飞一字一顿地道出了一个人的名字。

"哦?"林姗姗略感意外,笑意渐渐收拢。

"他在度假,带着老婆和孩子,他儿子才上幼儿园大班。"

"看到我,他很惊讶,"孙灵飞继续说,"我们聊了一会儿,他可没少打听你。我回国前,他跑来找我,让我务必把这个亲手交给你。"孙灵飞从包里取出一只盒子递到林姗姗跟前。

这是一个镶着金边的黑丝绒盒子,打开盒盖,里面躺着一瓶曲线妖娆的香水。林姗姗只看了一眼就合上盖子,把这份雍容华贵的礼物推到了桌子的边缘。她举起筷子,夹了一只缀有茶叶的虾仁送进嘴里无声地咀嚼着。

说话间,菜已经上齐。见林姗姗如此,孙灵飞便舀了一小碗宋嫂鱼羹，浇入半汤匙玫瑰米醋，不声不响地品着。终归还是孙灵飞先开了口，她大谈特谈起此次带团出行的见闻和趣事，打破了适才突如其来的沉闷。

饭罢，回到办公室，林姗姗懒懒地在椅背上靠了会儿，才将沈书遥的礼物从包里取出来。她把香水瓶举到眼前，缓缓拔出瓶盖，顺势将瓶盖的里侧凑到鼻尖下。随着手腕轻轻甩动，她嗅到了一股淡淡的柑橘清香。他还记得她喜欢的香水味道，可是，那又怎样？她把香水放回盒子，将盒子塞进了写字台最下面那格抽屉。

2

星期五的夜特别迷人，空气中浮动着自由的气息，满心的欢喜写在路人脸上，放任的情绪闪烁在霓虹灯里。正是这样的夜，林姗姗却丝毫不敢松懈，一下班，她就急急往家赶。女儿小诺即将中考，今晚，她约了家庭教师，最后冲刺阶段，他们要商定一套最佳学习方案。

推开门，一股浓浓的鸡汤香味扑鼻而来。林姗姗吃了一惊，她探头一看，厨房里许若年正系着围裙忙得不亦乐乎。

"你不是有饭局吗？"林姗姗问丈夫。

"改期了。"许若年掂着锅,发际间已渗出些微汗珠。

林姗姗洗了手换上家居服来到厨房:"真香!"

许若年舀起一匙鸡汤递到林姗姗嘴边:"尝尝,小心烫,鲜不鲜?"

"鲜!鲜美无敌!"林姗姗抿一口汤,故意把嘴咂巴得啧啧有声。

小诺听到动静从房间跑出来大嚷:"我也要喝鸡汤!"

夫妻俩被女儿的馋样逗乐了,许若年赶紧宣布开饭。不一会儿,桌上摆开了几道色香味俱全的菜,有拌了沙拉酱的什锦蔬菜,冒着葱香的广式蒸鱼,碧绿生翠的荷兰豆炒泛着油光的腊肠,还有离了火仍在砂锅里咕嘟着的蘑菇炖鸡汤。

许若年是一位建筑设计师,工作之余他喜欢烹饪,且技艺不俗。这些年他越来越忙,但只要有时间,他还是很愿意一展身手的。林姗姗常抱怨,嫁给许若年,自己胖了不少。这话许若年爱听。第一次见到林姗姗的时候,他的心里就生出几分怜爱:好清丽的女孩,可惜太瘦,如果交给我,一定把她养得丰丰润润的。后来发生的一切证明,许若年如愿以偿了。

晚餐刚结束,家庭教师就如约而至。林姗姗赶紧起身收拾餐具,许若年给老师让座端茶递水果。坐定后,他们有条不紊地谈起小诺的学习近况来。

3

这是一年中最惬意的季节,阳光明晃晃的,干脆却不灼人。迎面而来的风,毫不含糊的全是暖意。楼宇林立的商业区,其景观显然经过精心设计。放眼望去是无尽的绿,其中簇拥着蓬勃的红杜鹃、粉月季,还有火红的石榴花散缀于叶间,煞是热闹,人像是行走在一幅浓墨重彩的油画中。

午饭后,林姗姗独自来到楼下的小广场散步。

一阵喧闹声传来。循声望去,几米开外有两个女人扭打在一起,已经聚集了一些围观的人在起哄。女人打架最惨不忍睹,揪头发、扯衣服、抓脸。双方力量悬殊,年长的那个无论身胚还是力量都远胜对方,年轻的只能狼狈招架,眼看就要一败涂地。

这时,一个高大帅气的男子直冲过来,他边吼着"别打了"边试图将两个女人分开。年长的女人无意休战,乘胜追击。年轻女子则仿佛抓到了救命稻草,她使出浑身解数来摆脱年长女人的纠缠,披头散发地躲到男人身后,瑟瑟发抖。眼见男子为年轻女子挡驾,年长的女人嘶吼着向男人扑过去……

同为女人,林姗姗不忍心再看下去了。这应该是年长女人的婚姻保卫战吧。一个妻子,究竟积聚了多少愤怒,才会有如此惊人的爆发力？为了宣示主权，被逼到这般斯文扫地优雅尽失的地步，实在让人心痛。

就在林姗姗转身离去的一瞬间，她的目光撞上了身后不远处另一个人的目光——又是他，微卷的黑发，黑边眼镜，神情严肃，眼睛里，有光。林姗姗不经意的直视，完全出乎对方意料，他像是猛然间被人窥探到了内心的秘密，迅速转移视线。林姗姗亦垂下眼睑，径直朝写字楼走去。

这个男人令林姗姗疑惑不解。年轻时，有男生向自己行注目礼，她可以昂首挺胸地从男生眼皮子底下走过去。那时的她体态轻盈，肌肤无瑕，她知道自己经得起别人细看。沈书遥常捧着她的脸细细端详，从额头到眉眼，从脸颊到嘴角，看着看着，一个轻轻的吻便印在了她的唇上。

然而现在，她已经很久没有推敲过自己的外表了，至少已不轻盈，皱纹和色斑也悄无声息地爬上了眼角眉梢。多年来，在许若年的眼里，她林姗姗始终是一个宝贝，这就够了，她无心掂量在丈夫以外的男人眼里，自己是个怎样的女人。

眼前的这个男人已不年轻，但是岁月的磨砺反倒增添了他的魅力，年轻时的他，未必有现在这般深邃而迷人的气质。他的身边应该站一位艳丽的妙龄女子，就像大街上那些用一丝不苟的态度，把自己从头发修饰到脚趾的时髦女郎。和这样的女人相比，自己真的是太不修边幅了。可是，一个男人对一个女人的另眼相看,难道还会有别的理由?

4

六月,中考一结束,小诺就跟着孙灵飞带领的团队去海边度假了。临出发前,孙灵飞给林姗姗发来一条微信消息:"小诺交给我,你一百个放心,好好享受你和老许的二人世界吧!"末了,还加了一个坏笑的表情。

事实上,这段时间,许若年忙得不可开交,隔三岔五地出差,林姗姗享受的是一个人的世界。这份难得的清闲,是她常在忙得焦头烂额时暗中渴慕的。她决定把这段无人打扰的时光当作一个秘密,藏在心里,悄悄品尝。

初夏的夜来得比往日迟,从朝西的窗户望出去,夕阳余晖正展示着最华美的篇章,金红的晚霞和墨蓝的云彩交缠得难舍难分,半爿天画满它们裹挟而过的痕迹。黛青色的远山上方,橘红的太阳正以不易察觉的速度下坠。

下班回家后,林姗姗站在窗前,静静地观赏着这壮美的一幕。直至红日完全沉入层峦叠嶂,天际泛出一片青蓝色,她才感觉到饿了。餐桌正中央稳稳地坐着一个圆鼓鼓的保温盒,保温盒下面压了一张纸条:请夫人用餐!

执　恋

　　许若年今天出差，临行前还不忘为她备好晚饭，林姗姗的脸上漾起了笑容。保温盒里是她爱吃的煲仔饭，肥瘦相间的香肠配以绿油油的叶菜，着实诱人！林姗姗在手机上选好曲目，连接蓝牙，立时，轻柔的钢琴曲从小巧的音箱缓缓流出。伴着音乐，她给自己斟了半杯香槟，切了几片橙子，细嚼慢咽地用起了晚餐。

　　转眼就是周末。清晨，街道不再拥挤，每一辆车都开得扬眉吐气。唯有这种时候，林姗姗才愿意驾车出行，畅通无阻的驾驶体验令她心情大好。今天，她去公司加班，她要趁没有闲杂人事的打扰，静心处理一些平时顾不上打理的琐事。

　　在地下车库停好车，林姗姗进了电梯。刚进电梯，她就下意识地摸了摸口袋。不出意外的话，今天只有她到公司加班，如果没带门卡，可就不太妙了。口袋里什么也没有，她打开手提包，全神贯注地在包里翻找，以至于电梯上行到一楼时又进来一个人，她都完全没有注意到。

　　最后，在隐蔽的夹层里，她找到了门卡。林姗姗长出一口气，她抬起头挺直身子，将包重新挎到臂弯。这时，她猛然发现，眼前站着一个人，不是别人，正是那个时常向她行注目礼的男人。

　　这次，男人没有看她，而是站在她的左前方低着头。或许是他刚才进电梯时，已经看够了她手忙脚乱找东西的样子。还是头一回离他这么近,林姗姗一时间起了强烈的好奇心——这究竟是怎样一个人?

男人脚蹬黑棕色休闲皮鞋,深色牛仔裤衬出他修长的腿形,T恤下摆服帖地覆在腰胯间,只在皮带扣的位置看似随意地叠起皱褶,露出泛着古铜光泽的金属扣。

随着视线上移,林姗姗的脸渐渐仰起。硬朗的线条将男人的侧面勾勒得异常明晰,黝黑带棕的肤色上,一片浅青的胡茬印从脸颊蔓延至耳根。

林姗姗的目光继续上移。忽然,她一惊——她看到男人正用余光注视着自己。如果说"用余光注视"是她多心,那么他紧抿的嘴唇便可以证实这一猜想,那双唇仿佛在说:"看够了吗?"

林姗姗蓦地低下头,此刻她才意识到,自己失态了。如此近距离又如此放肆地打量一个陌生男人,在她是前所未有的事。幸好,电梯停在了她办公室所在的楼层,她知道自己是落荒而逃,只是故作镇定。她还知道,他一定目送着她狼狈逃离。

自从电梯邂逅,林姗姗的内心起了微妙的变化。说不清是好奇,还是一种莫可名状的情愫,令她时常不由自主地在写字楼附近搜寻一个人的身影。有时,她斜倚窗前,望着楼下来来往往的人,希望能在那些人里面辨认出最特殊的那一个。这时,她才察觉,自己对他知之甚少,根本无法在人群中一眼认出他。

有一次,远处走来一个样貌与他颇有几分相似的男子,林姗姗霎时紧张起来。每每想起自己在电梯里的失态,她总是觉得无地自容。她想躲,但是眼下这情形,有点狭路相逢的意思。如果迎面而来的人正是他,在这条没有岔道的长廊里,她根本无处藏身。心慌意乱之际,男人已近在眼前。林姗姗鼓起极大的勇气向男人投去迅速而犀利的一瞥,她要在瞬间捕捉住最重要的特征。而后,她把捕获的信息放在心里辨析——显然不是他。林姗姗如释重负。

孙灵飞把许小诺完好无损地送到林姗姗面前时,许若年也止好出差回来,他打算做一桌好菜为孙灵飞和女儿接风,感谢孙灵飞一路对女儿的关照。林姗姗体谅丈夫的辛苦,建议去旋转餐厅吃自助餐。

为此,许若年夫妇诚意邀请孙灵飞全家赴约。孙灵飞的丈夫李峥活跃于商界,是个大忙人,他毫无悬念地"没有空"。孙灵飞的儿子则是个小忙人,他的课余时间是由各色兴趣班和文化补习班串联而成的。那日傍晚,将儿子交给高大威猛的篮球教练以后,孙灵飞便和许若年一家来到了旋转餐厅。

华灯初上,夜色渐浓,宾客们享用着美食,期待着城市夜景璀璨登场。餐厅的灯光识趣地暗淡下来。当越来越多的目光投向窗外时，林姗姗却觉得，有一双眼睛朝自己看过来，她回望过去，不禁小鹿乱撞——怎么又是他！

他的对面坐着一个女人，女人的座位正好被一盏射灯投出的光线罩住，她的侧脸，林姗姗看得一清二楚。那是一个无可挑剔的侧面，额头饱满，鼻梁高挺，颧骨恰到好处地支撑起面部轮廓，圆润优美的弧线从前额滑向鼻梁，在双唇处稍事颠簸，最后经由下巴探向颈项。一袭酒红色长裙衬得她的肌肤如雪般白净。她正投入地说着什么，珍珠耳坠随着身体的动作轻微晃动。他频频点头，视线却向林姗姗这边移过来。

四目相对，林姗姗触电般避开对视，求助地望向她的同伴们。不知何时，许若年、小诺和孙灵飞已经站到了窗边，他们正煞有介事地对城市的景致品头论足。林姗姗站到许若年身边，把僵硬的背影留给了不远处的那个他。

说不清过了多久，小诺亲热地挽起林姗姗的手臂，央求她一同去取水果。林姗姗被女儿拽着向摆放水果的展示台走去。这时，她环顾四周，那个她唯恐避之不及的男人和他的伴侣已经不见了踪影。

有丈夫和女儿在身边，林姗姗又回到了脚踏实地的现实生活，她依然是幸福而忙碌的女人。有时，想到那个陌生男子，她觉得，他更像是难以捉摸的幻影。

一晃眼就到了闷热难耐的酷暑。面对来势汹汹的热浪，

执　恋

　　林姗姗鸵鸟般窝在冷气充足的室内,过着两点一线的简单生活。午间,她喜欢站到落地窗前,微微打开百叶窗的活动遮板,透过遮板间的缝隙看向窗外火烫的世界。

　　这一天,阳光并不灼人。午休时分,林姗姗照例在窗前兀自独立。她将百叶窗收起,露出整片玻璃窗。当她的视线划过天空,落到左上方那片办公楼外墙时,她惊骇地看到,其中一面落地窗前,站着那个陌生男人,他正注视着自己,丝毫没有回避的意思。林姗姗慌了神,她迅速离开窗边,直到确定坐在办公桌前不会被他看见才镇定下来。

　　在这之前,她只知道,他和她在同一栋写字楼里上班。万万没有料到,在这栋呈 L 形的大厦里,他们竟然各据一方,可以遥相对望。他知道这一点有多久了? 个月,半年,还是更早? 被人窥视而全然不知,这感觉真的糟糕。

　　离上班还有半个小时,靠近窗的那片区域,林姗姗再也不想涉足。她闭起眼睛把头靠到椅背上打算小憩片刻,却完全没有睡意。在旋转餐厅里邂逅的那一幕又浮现眼前。那个女人,应该就是他太太。她设想过他太太的模样。事实上,这个女人比她想象的更完美,她有一种不事雕琢的天然美,举手投足间尽是自信和高雅。虽然已不十分年轻,但保养得相当好,淡妆和配饰相得益彰,衬得她越发迷人。

　　她和他,无论长相还是身材,都那么般配。年轻时,该是让很多人羡慕的一对吧。他们一定收到了许多来自亲朋好友的祝福。最初,是他追求她?他也用那样的眼神注视过她吗?

想到这里,林姗姗猛然睁开眼睛,她惶恐地意识到,自己的心里竟然生出了几分妒意!她用力摇了摇头,试图把关于这个男人的一切甩走。怎么能任凭思绪围绕着一个不相干的陌生人跑那么远?她忽地从座位上站起来,快步走到窗前,"哗"的一声,百叶窗从顶端一泻而下,将窗户遮得严严实实。

相比在早晚高峰拥堵的车队中绝望蜗行,林姗姗更喜欢乘地铁上下班,三伏天也不例外。许若年不同意,他认定三伏天即使在晚上也容易中暑,更何况日头毒辣的白天。他不依不饶地要求林姗姗开车上下班。林姗姗拗不过丈夫,只得答应。

临下班前,林姗姗被叫去老板办公室,和公司另外几位中层管理人员一起开了个短会。说是短会,最后七嘴八舌地开成了长会。当她略带倦意地离开办公室时,天色已暗。

此时,地下车库停着的车辆已寥寥无几。林姗姗坐进驾驶座,系上安全带,发动汽车,向出口处驶去。在离出口不远的地方,突然,她感到车身微微一晃。反光镜中,一辆白色跑车紧跟在自己的车后面。林姗姗赶紧踩下刹车，待她推开车门向后探过身去，她目瞪口呆——站在跑车旁边的，竟然又是他！他也正看向她，表情略显复杂。

正在林姗姗不知如何是好的时候，他开口了："听我说……"他似乎在酝酿一串说辞，最后却只道出三个字："我全责。"

这是林姗姗第一次听到他说话，原来他的声音这么好听，雄浑低沉，透着让人难以抗拒的温暖。

林姗姗仔细察看车况，将现场从不同角度拍了照。她注意到，两车的损伤都很轻微。而他，一言不发地站在一边。

待林姗姗拍完照，他已恢复了自若的神态："其实不必走流程，你的维修费用由我出。"说着，他掏出手机向林姗姗展示他的微信二维码："加个好友，方便联系。"

林姗姗迟疑了，毕竟，这次意外在她看来是很可疑的，她内心有种被人推入圈套的不安。如果立即表露出这份疑虑，又缺乏依据，显得失礼。更重要的是，若对方是无意的，便会显得她自作多情，贻人笑柄。复杂的思绪闪电般掠过脑际，之后，她给了他一个客套的笑容，并利索地扫了他的微信二维码。男人的脸上露出了浅浅的却是十分满意的微笑。

夜幕已将城市完全笼罩。林姗姗驾着车，脑海里一遍遍回放着刚才发生的那一幕。她琢磨着，这次事故是意外还是有预谋的？

如果是意外，从微乎其微的损伤来看，他的车速相当慢，并且刹车非常及时。以这么慢的速度跟在另一辆车后面，又以如此神速的反应控制住了车，这难道不反常吗？

如果是有预谋的，那也很蹊跷。他的车价格不菲，用这种手段去开启一段艳遇，万一没控制好，车辆损坏严重，划不来。看起来他有不计较损失的资本，但又有谁会让钱随意从指缝流出去呢？

回到家，许若年和小诺已经吃罢晚饭。见林姗姗进门，许若年马上起身，把专为妻子预留的那份热菜热饭从厨房端出来。他关切地问道："怎么这么晚？不是说就开个短会吗？"

若在平时，林姗姗会把一天之内发生的新鲜事一桩桩活灵活现地讲给丈夫听。可今天，她只是把大家如何你一言我一语地把短会开成长会添油加醋地说了一遍，至于车辆追尾这样难得一遇的事，她只字未提。

5

女儿小诺不负众望，考入了本市数一数二的重点高中。这段时间，全家的焦点话题就是如何让女儿尽快适应住校生活。朝夕相处的亲情模式即将被打破，女儿将要迈出独立生活的第一步，做父母的不免紧张，唯恐遗漏了哪句碎碎念就会酿成不堪设想的后果。

紧张之余，还有些许伤感。在林姗姗看来，女儿住校是"好儿女志在四方"的第一步，往后便是离开家乡去远方上大学，兴许还会出国留学，最后定居在遥远的城市或更遥远的国度，到那时候，做父母的只能通过视频看看女儿的容颜，听听女儿的声音。这份伤感，她不敢在女儿面前表露出来。只在夜深人静时，在丈夫身边，林姗姗想着想着就红了眼圈。

许若年对小诺疼爱有加，但是他很清楚，这是孩子成长的必经之路。见不得妻子伤心，许若年把林姗姗搂在怀里小声安慰道："别难过，她不是每周末都回家来嘛，实在想她了，我们就去学校看她。"

林姗姗靠在丈夫的肩头抽噎着。许若年伸出手臂环住妻子默默无言，他知道，不一会儿，她就会平静下来。

二十年前的那个雨夜，他也是这样把她搂在怀里的。那时候，林姗姗瘦得脱了形，他毫不费力地就把她拉进了自己的怀抱。许若年话不多，但每一句都很认真。他仍清晰地记得自己当时在林姗姗耳畔说的那句话："相信我，一辈子都不让你伤心。"

彼时，林姗姗正经历着人生中的至暗时刻，这一份不设防的温柔，激活了她心底抑制已久的委屈。她说不出话，起先只是克制地啜泣，随后越哭越伤心，直哭得撕心裂肺，眼泪鼻涕湿了许若年一肩。

关于林姗姗和沈书遥的事，许若年是从朋友那儿得知的，来龙去脉他一清二楚，但他从不提起。他一言不发将她拥紧，任由她哭到精疲力尽。这一场酣畅淋漓的痛哭，把林姗姗的积郁清空了。从那以后，她再也没有这般哭过。跟着许若年，她的日子每一天都风和日丽。

就在林姗姗为女儿操心的那段日子里，一天清晨，她刚踏进办公室就收到一条微信消息："想邀你共进午餐。"

只瞥了一眼头像，林姗姗便知道是他，那个可疑的男人。追尾事件当天，她就已经把他的头像以及朋友圈细细看了一遍，并没有什么特别的。头像是他自己的照片，挺拔的侧影站在晨光里极目远眺，颇有点高瞻远瞩的意味。和许多忙于事业的男人一样，他的朋友圈展示的信息屈指可数。

林姗姗不知该如何回复，愣愣地望着手机屏发呆。

"车修了吗？"仿佛替她解围，男人的第二条信息接踵而至。

"没有。"

"？"

"没时间。"

"我帮你去修。"

"不必了,谢谢!"林姗姗感到,一腔不妥当的热情正在积极地向自己靠拢,她想马上叫停。

"那么就午饭后下楼喝杯咖啡好吗,林姗姗?"瞪着句末的三个字,林姗姗出了神,他怎么会知道自己的名字?他在调查我吗?

受好奇心驱使,林姗姗答应赴约。

吃过午饭,林姗姗来到盥洗室的大镜子前。她将手指插进浓密的发层轻轻抖动,试图让发型显得蓬松自然。身上是藏青色的短袖职业套裙,林姗姗侧身审视镜中的自己,收腹挺胸,还好,曲线依旧。她抽出一张纸巾,蹲下身,轻轻拭去高跟鞋上的浮灰。最后,隔着洗手池的大理石台面,她探出上半身,鼻尖几乎触到镜子。她挨个检查着自己的五官,心想是否该化个妆,然而转念就否定了这个想法。他应当是看惯了她素颜的模样,突然化妆,不但做作,还显得太过重视他。想到马上要和他面对面地坐着,林姗姗深深地吸了口气,按捺住忐忑的心绪,离开了盥洗室。

林姗姗出现在咖啡馆,而他早就等候在那里。见到她,他原本冷峻的脸立即有了温度。林姗姗朝他走去,他脸上的神采便越发明朗。林姗姗在他对面坐下,他不时向她投去专注一瞥,每一瞥都搜罗着她脸上的细枝末节。

虽然事先有心理准备,但林姗姗还是感到局促不安。和一个陌生男人坐在一起喝咖啡,这场景未免突兀,况且还是这样的一个陌生男人。在以前,她只是莫名觉得他眼里有光。现在她明白了,是自己的每一次出现,都让他眼前一亮。这微光一闪,在林姗姗看来却太过炽热,灼得她抬不起眼,她只能低眉顺眼地坐在那里。

"你好!我是欧阳宇,宇宙的宇。"男人落落大方地自我介绍,低沉而温暖的声音向她包围过来,令她的头皮暖酥酥的直发麻。

"你好!"林姗姗不失礼貌地回应。即便心慌意乱,她也还是没有忘记此行的意图,她温婉地问道:"你是怎么知道我名字的?"

"你以前没有见过我?"欧阳宇问。

"以前?"林姗姗狐疑地抬起头。

"我是说三十年前。"欧阳宇解释道。

林姗姗扫视着欧阳宇脸上的每一处细节,假若没有胡子,也没有眼镜,应该还要再瘦一些,曾经有这样一个同学或朋友吗?林姗姗努力地在记忆的库存里搜寻着,最后摇了摇头。

欧阳宇笑了,这在他的意料之中:"可是,我认识你很久了。"

　　林姗姗愕然，她紧紧盯着欧阳宇的眼睛，仿佛他的眼睛是通向往昔的时间隧道。或许是欧阳宇从林姗姗的脸上读到了将信将疑的神情，他轻声补充道："我还认识沈书遥。"

　　林姗姗的脸色陡然一变，欧阳宇立即意识到自己失言了。他没想到，重提沈书遥，林姗姗竟然还有这么大反应。他赶紧岔开话题："本来打算下午帮你去修车，但临时有事走不开，只能让助理替我跑一趟了。"

　　原本，林姗姗以为，她的好奇心将由一句话最多不过几句话来满足，不承想，一个问号竟又牵扯出一串问号。他和沈书遥是什么关系？他知道多少她和沈书遥的事？当年那件闹得沸沸扬扬的刀事，他也知道？林姗姗兀自出神，欧阳宇的话她只听到六七成。当她意识到欧阳宇正用征询的目光注视着自己，她方才回过神囫囵答应着，来之前想好的拒绝他帮助修车的言辞早已忘到九霄云外。

　　下午，一个看上去十分精干的小伙子出现在林姗姗办公室，说是来替欧阳经理办事的。林姗姗想，既已如此，再推托就矫情了，便把车钥匙交给小伙子并道了谢。

6

女儿小诺已开启住校模式,许若年和林姗姗重又回归二人世界。晚饭后,他们来到沿湖的林荫道散步。初秋的晚风带着阵阵凉爽拂面而来,悬铃木的叶子震颤着发出沙沙的声响。对岸的山林间隐匿着错落的景观灯,灯光只幽幽地亮着,山体便犹如点缀着无数颗祖母绿,在墨蓝的天幕下尽情展示着它惊艳众人的华丽。

许若年牵住了妻子的手,他厚实又柔软的手掌将林姗姗纤细的手指包裹。每每此时,林姗姗的心头便会涌起踏踏实实的暖意。临睡前,他也是如此,总是在被窝里摸索到她的手一把握住,似乎唯有如此,才能安然入睡。

夫妻俩正聊得欢,几乎同时,各自收到了一条微信消息,是孙灵飞发来的。发给林姗姗的是:"大忙人,明天下班我将对你进行拦截,假已帮你请好。"发给许若年的是:"许大人,明天借用您的爱妻一晚,请恩准!"两人看罢笑了。许若年爽快地给孙灵飞发回去一个字:"准!"

第二天傍晚,孙灵飞果然准点出现在林姗姗公司楼下。一见到林姗姗,她就兴冲冲地迎了上去:"走,我请你吃大餐!"

"这么高兴?中头彩了?"

"呵呵,"孙灵飞眼睛一亮,"股票大涨!"

两人来到一家新开张的餐馆。餐馆布置得十分别致,主色调由内至外一律是蒂芙尼蓝,门框、腰线以及矮柜的边角都镶了窄细的金边,一长排蛋糕裙般的水晶吊灯将餐厅照得富丽堂皇。

"怎么样?我选的地方不错吧?"孙灵飞不无自豪地说,好似餐厅是她开的。林姗姗频频点头,连连称是。

一落座,服务员就端上来两杯柠檬水和一份刺身拼盘。不多会儿,点心菜肴摆了满满一桌子。

林姗姗急了:"点这么多,这可是晚餐,会发胖的!"

孙灵飞不以为然:"许若年才不会嫌你胖,这些都是我昨天在电话里预订的,不够可以再点。"

"够了够了!"林姗姗儿丫求饶。

话音刚落,服务员过来为她们各斟了半杯冰酒。

"来!"孙灵飞举起酒杯,"为我们美好的生活干杯!"

林姗姗也举起酒杯:"为美好的生活,干杯!"

从下午起,林姗姗就在思忖,要不要对孙灵飞提欧阳宇。孙灵飞和她是发小,儿时她们是住在一条巷子里的邻居,初中同校不同班,上到高中才成了同班同学,从此闺蜜模式定型。若真如欧阳宇所言,他早在三十年前就认识自己,他很可能也认识孙灵飞。自己当年未曾注意到有欧阳宇这个人,没准孙灵飞见过他。

可是,欧阳宇这三个字如同灌了铅,沉得令她张不开嘴。其实只是打听一个熟人,本无可厚非,况且她和孙灵飞是无话不谈的闺中密友。年少时,她们对彼此的秘密了如指掌。但是眼下毕竟不同以往,她已经有了许若年和小诺。

她有种预感,这个名字一旦被提起,就会像堤坝决了一个口子,从今往后,关于欧阳宇的种种都将会如滔滔江水向孙灵飞翻腾过去。孙灵飞当然值得信赖,只是,在林姗姗的思想中,欧阳宇是一个不能被光明正大提起的人,他只适合躲藏在她幽暗的心房。

论喝酒,林姗姗向来不是孙灵飞的对手,半杯冰酒下肚,她脸上已泛起红晕。孙灵飞仍是面不改色心不跳,她又为林姗姗斟上大半杯酒。

两人喝着酒吃着菜,突然,林姗姗问道:"你认识欧阳宇吗?"她被自己的声音吓了一跳。她知道自己没有醉,可酒精有一种力量,令她不知不觉间就卸下盔甲,变得轻松飘逸,无所顾忌。

"欧——阳——宇——?"孙灵飞眯起眼睛重复着。

"我们上中学那会儿,身边有没有这样一个人?"林姗姗像是想到了什么,她拿起手机点开欧阳宇的微信头像给孙灵飞看。

欧阳宇的侧影,孙灵飞细细辨认着,她似有所悟:"好像有,如果没记错的话,他和沈书遥一样,也是校航模组的,好像还是个学霸。不过,我不知道他的名字。"

"航模组?我也经常去看他们玩航模的,怎么从来没见过这个人?"

"你?那个时候,你眼里只有沈书遥,哪还容得下别人?"

林姗姗默然。

"怎么突然问起他?"

"嗯,就是,就是有点儿巧。"林姗姗斜着身子,一手托住脑袋,一手拿食指在桌上胡乱画着,"前一阵,他的车跟我的车追尾了,处理事故的时候聊了几句,他说早就认识我,还,还认识沈书遥。"

"他跟你提沈书遥?那是知道你们的关系吧?"

"应该是吧,他可能是想证明他确实早在三十年前就认识我。"

林姗姗突然手一挥:"唉,不提不提了,我也就忽然想到了问问。"

酒足饭饱,孙灵飞把林姗姗送到家才打道回府。林姗姗带着几分醉意洗漱一番后,一头栽倒在床上。

7

欧阳宇并没有像林姗姗担心的那样,借追尾之机从此对她死缠烂打,与此相反,接下来的日子,他踪影全无。

有时,林姗姗故意踱到窗边,将百叶窗扒开半条缝,从缝里往欧阳宇的办公室看,看到的只有黑洞洞的落地窗。他的朋友圈已大半年没有更新,"追尾事件"的后续处理全部结束后,他连一个"嗨"都不曾发给她。

林姗姗的心分裂成了两半。一半是庆幸,另一半,却是思念。她庆幸欧阳宇没有头脑发热对她穷追不舍,她甚至希望他就此音讯全无。唯有如此,她的思念才能仅仅是思念,她心中泛起的涟漪才会渐渐平息。

可是,她又不由自主地回想起与欧阳宇一次又一次的偶遇,每一次邂逅,如今想来,都有了更丰富的内涵。他默默注视她的神情,他闪烁的眼神、温暖的音色,都会不由分说地跃入脑海,令她有时正核算着账目,却突然走了神,正整理着资料,却愣怔了起来。待回过神,她总是像闯了祸似的惴惴不安。而这一份不安,最后都是这样被她安抚的:"不是什么也没有发生吗?现在不会,将来也不会。"

时间不紧不慢地向前走着。这天下班,林姗姗刚坐进车内,就在车门落锁前的一刹那,副驾驶座的门被人拉开,欧阳宇探进半个身子："我刚回来,这个送你。"

　　林姗姗还来不及说什么,欧阳宇已经关上车门转身离去,留下一个精美的纸提袋在副驾驶座。林姗姗的第一个反应是追上欧阳宇,把礼物还给他。欧阳宇却神龙见首不见尾,只几秒钟的工夫,他已不知去向。

　　林姗姗明白,麻烦来了。她驾车离开地下车库,拐到近旁的小路,把车停在僻静的角落。她小心地从纸提袋里抽出礼品盒,剥开包装,一条紫棠色羊绒披肩呈现在眼前。披肩简洁大方,只在边缘处缀了同色同料的花边,再无多余修饰。

　　林姗姗把披肩搭在身上,将反光镜调向自己,她看到镜中的女人被紫色衬托得高贵而妩媚。披肩十分柔软,想象着欧阳宇为自己挑选礼物的样子,林姗姗感到这份柔和软一直渗到心坎儿里。

　　尽管十分喜欢,但她还是得把披肩还回去。怎么还是个问题。总不能贸然去他的办公室,很可能他太太也在公司,到时候有口难辩。眼看天色不早,林姗姗仔细地把披肩折好放回盒子,将包装复原。她希望这份礼物毫发无损地回到欧阳宇手里,兴许他还能转赠别人。

　　一整晚,林姗姗的脑际盘桓的都是还披肩的事。此时,披肩无声地躺在车子的后备厢里,于她而言却好似烫手的山芋。她担心许若年会突然提出帮她去洗车,或临时需要用一下她的车,那样的话,他很可能就会看到披肩,她还得编一套谎话来对付。林姗姗不敢想象,为了另一个男人对许若年说谎该有多么荒唐。

所幸,晚饭后,丈夫在书房琢磨图纸,一夜无事。

清晨,林姗姗坐进车,没来得及系安全带,先给欧阳宇发出一条信息:"谢谢你的礼物,但是我不能要。"

"嗯?不喜欢?"

"披肩很漂亮,只是我不能要。"林姗姗想过,不管欧阳宇是否接受,她都得立场坚定地表明态度。

林姗姗的信息,欧阳宇总是秒回,这一次,他却沉默了。

早会结束,仍然没有收到欧阳宇的回复,林姗姗又发了一条信息:"怎么还给你?"

"中午,带上披肩,到我办公室来。"

欧阳宇答应得这么爽快,出乎林姗姗预料,她隐隐觉得,他另有企图。不过,既然约在办公室见面,他应当不会有出格的举动。这么想着,林姗姗便回了一个"好"过去。

林姗姗一出现在欧阳宇公司门口,前台小姐立即迎上前来询问她是否林女士,确认过后,便引领着她向欧阳宇的办公室走去。

欧阳宇的办公室十分敞亮。朝南有两扇落地窗,每扇窗边都放置着一盆绿色植物。林姗姗认得,一株是发财树,另一株，是幸福树。大班台后面，欧阳宇正襟危坐，棕灰色的实木柜在他身后一字排开。他正写着什么，看架势，那几个字应当是龙飞凤舞的。靠近欧阳宇座位的窗口，林姗姗有心从那里往外看，她很想知道，以欧阳宇的角度究竟能看到些什么。

然而，容不得她细看，欧阳宇已经热情迎上前，将她请到办公室的会客区落座。前台小姐退出办公室并带上了门。

"喝点儿什么？"欧阳宇问。

"不必了，我马上就走的。"

"平时喝茶吗？"

"真的不必了。"

"正好，我这儿有新到的铁观音，你尝尝。"欧阳宇像是没听到林姗姗说的话，不管不顾地摆开茶具娴熟地操作起来。见林姗姗仍站着，他用眼神和下巴示意她坐下。

林姗姗不得不在欧阳宇近旁的沙发拘谨地坐下。这时，她才注意到，茶几上放着一套天青色的瓷制功夫茶具。欧阳宇的手指是修长的，它们已经在温润亮泽的瓷器间腾挪翻飞，林姗姗好奇地注视着他的一举一动。她见过温婉女子行茶道时的优美模样，却不曾见过一双男人的大手把精巧的茶具驾驭得如此灵活，整个过程一气呵成，一阵铁观音特有的幽香在空间里似有若无地飘散开来。

正看得入迷，欧阳宇已经将一盏澄澈的茶水递到了她跟前。林姗姗品一口茶，顿觉满口馨香。

"怎么样？"欧阳宇问。

"嗯，不错！"林姗姗由衷赞叹。

欧阳宇立即为她续上茶水，并滔滔不绝地说起铁观音的种植环境以及制作工艺来。看得出，他深谙此道。林姗姗一知半解地听着，出于礼貌，她时不时提一些问题，欧阳宇更是神采飞扬，大谈特谈。

午休时间原本就不长，品茶论茶已耗去大半工夫，趁欧阳宇侃侃而谈中停顿的间歇，林姗姗起身准备告辞。

披肩从一开始就被安顿在沙发旁边的地毯上，用意不言自明。唯恐一提及披肩，她和欧阳宇之间会展开拉锯式推托，林姗姗决定对此事只字不提，一走了之。欧阳宇也站起身，他微微低下头，慢慢踱到林姗姗身边："披肩是特意为你挑的，没有人比你更适合它。"

"谢谢，但是我不能收，你的心意我领了。"

"我的心意，你真的领了吗？"欧阳宇目光灼灼地盯着林姗姗。

林姗姗立时大窘，素日常用的客套话若搬到这里，不妥极了。欧阳宇的心意不就是向她示爱吗？她怎能领受？

情急之下，林姗姗忽然想到了什么似的说："对了，礼物我是打开看过，不过你放心，包装我都完好无损地复原了，你还可以送给别的朋友。"

欧阳宇弯腰拎起纸袋，完全没有预兆地，他突然一把撕开纸袋，将袋子、盒子以及衬纸全部丢弃在地上，又从笔筒里抽出剪刀，剪去挂在披肩上的吊牌。最后，他踩着散乱一地的纸盒、绸带和标签走到林姗姗跟前，不由分说地抖开披肩围住了她。

林姗姗被这始料未及的操作惊得哑口无言。她来不及做出反应，欧阳宇已近在咫尺。生怕披肩滑落或是林姗姗抽身逃离，欧阳宇的手重重地摁在了她的肩膀上："好了，谁也送不了了，它只能是你的。"

欧阳宇说话时的气息夹带着铁观音的清香扑到了林姗姗的脸上，她屏声敛气地站着，心在狂跳。她知道，只要一放松，她沉重而急促的呼吸就会被他听见。她仰起头观察欧阳宇的神色，此刻，他面色凝重，唯有目光温柔。两人四目相对，都企图通过对方的眼睛直抵彼此心灵。不得不承认，欧阳宇是帅气的，他周身散发出来的魅力快把她折服了，她只是在负隅顽抗。

就在这时，手机铃声响起，是欧阳宇的。他犹豫片刻才放开林姗姗，反身去茶几上拿手机。顾不得披肩还裹在身上，趁着这个空当，林姗姗夺门而出。

回到办公室,林姗姗颓然跌坐进椅子。非但没有还掉披肩,还搞得自己失魂落魄,真是没用!她在心里痛骂自己。

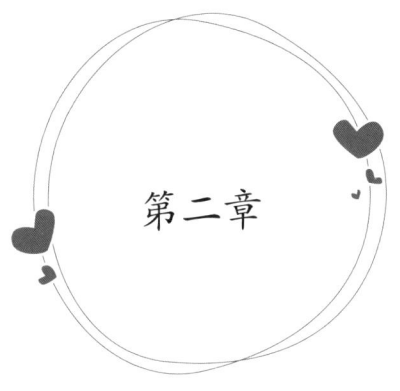

第二章

欧阳宇

1

夜晚，欧阳家的书房内明亮如昼。宽敞整洁的书桌上铺着一块方方正正的有机玻璃垫，垫子上摊着强力胶水、尖嘴镊子、细砂纸和碎瓷片。一盏黑色工作台灯画着流畅的弧线，将灯光从远处一直递伸到欧阳宇的眼皮子底下。他正埋头精工细作。

就在上周，保姆打扫卫生时，不小心碰翻了这只白瓷花瓶。花瓶从高处跌落，砸得粉身碎骨。保姆忙不迭地赔不是。女主人彭嘉佳知道花瓶并非昂贵之物，便表现出了应有的大度，她边安慰保姆边帮着她一起收拾碎瓷片。

欧阳宇闻声下楼，他辨认出，那一地碎瓷是他从异域的夜市中带回的。当时，在一堆花式繁复的器皿中，他一眼就相中了这只纯白的瓷花瓶。事实证明，作为花瓶，越简洁，越称职，它的使用率远远高于花里胡哨的同僚。

"等等!"欧阳宇冲口而出。妻子和保姆不解地望向他。他三步并作两步来到她们跟前,将碎片归入一只盒子。

这几日,每晚睡前,欧阳宇只做一件事——在书房里黏合碎瓷片。这项工作于他而言有着不可思议的魅力。现在,垫子上已经立着半只拼凑而成的花瓶。欧阳宇十分满意自己的杰作,死而复生的花瓶,更像是浑然天成的冰裂纹瓷器,相比之前的无瑕,反倒多了几分韵味。

可是今天的效率有点低,他总是走神,思绪时不时地跃回到白天发生在办公室里的那一幕,林姗姗,披肩,披肩,林姗姗。

披肩是他出差时在街头的橱窗里看到的。确切地说,欧阳宇首先看到的是围着披肩的模特。不知怎的,他觉得那个塑料模特的神态和林姗姗有几分相似。继而,他的视线才落到披肩上。他确信,这款披肩用在林姗姗身上,会比披挂在模特身上更加完美。

毫不犹豫地买下披肩后,欧阳宇后悔了。无缘无故地送她礼物,是否太露骨?若她拒收,自己岂不是很没面子?

思前想后,欧阳宇还是鼓足勇气,以一种不由分说的方式将礼物交给了林姗姗。不出所料,林姗姗拒收披肩,这确实令他下不来台。然而,也正是在她拒绝的姿态中,欧阳宇骨子里说一不二的霸气骤然迸发,他内心涌起一股强有力的

第二章　欧阳宇

情感,那是大写的两个字——不甘。

在欧阳宇的生命中,林姗姗不同于任何一个女人,包括妻子彭嘉佳。她是第一个令他怦然心动的女子。记得,初见她,是在一个清晨。

那年,他上高二,由于航模玩得出色,被众组员一致推举为校航模组组长。平日在学校,他们利用课余时间琢磨航空模型,周末则相约去市心公园的湖边玩船模。

星期天的早晨,欧阳宇和伙伴们正在试航一艘船模。只是不经意地一回头,他看到了站在不远处的林姗姗。

这是一个眉眼十分清秀的女孩子,皮肤白得几近透明,马尾辫高高扎起,素朴的白衬衣外是石磨蓝牛仔背带裤,脚上的白球鞋洁净得仿佛一尘未染。欧阳宇被眼前这个干干净净的女生吸引住了。有那么几秒钟,他的注意力全在她身上。她的眼睛并不是很大,但双眸清澈明亮。微风吹来,女孩的刘海被风拂起,露出光洁的前额。她迎风而立,笑意盈盈地望着湖面。顺着她的视线,欧阳宇也向湖面望去。此时,阳光已经照到水面上,星星点点的波光忽闪忽隐,他们的船模就在粼粼水波里徐徐滑行。

事后,回想当时的情景,欧阳宇记起,女孩的身后有一排古老的矮墙,矮墙上爬满深深浅浅的粉色蔷薇,空气里飘浮着淡淡的蔷薇花香。

很快,欧阳宇便明白了,这个叫林姗姗的女孩,她关注的既不是湖水,也不是船模,而是那个正在调试船模的男孩沈书遥。除了沈书遥,她什么都没放在眼里。

后来,他常在校园里见到她。她是初中部二年级的学生,和沈书遥同班。沈书遥常伴在林姗姗身边,眉飞色舞地跟她比画着什么,她总是含笑倾听。

从一开始,欧阳宇就知道,对于林姗姗,他只能远远地欣赏。也是从林姗姗那里,欧阳宇懂得,喜欢的感觉是会突如其来的。他完全没有料到,在某年某月的某日,一个女生会在某一刻闯进他心里,怎么也赶不走。

欧阳宇是有理想有抱负的,他不会将大把的时间和精力用于横刀夺爱和儿女情长,他有更重要的事去做。他把林姗姗精心收藏在内心深处。年复一年,他考上名校,他离开家乡,他北上,他南下,林姗姗渐渐缩成了一张尘封心底的相片。

即使在多年以后,已经步入社会的欧阳宇仍会受焦虑的梦境困扰,诸如找不到考场或交了白卷之类的。醒来后,由梦中的校园,他联想到那个曾经让他魂牵梦萦的女孩林姗姗。想到她,这张珍贵的相片便会再一次由心底浮起,眼前又出现一片蔷薇,晨风拂面的女孩,波光粼粼的湖面,还有萦绕心头的淡淡花香。

三年前,他重返家乡,当他毫无征兆地在写字楼的电梯

第二章 欧阳宇

里遇见林姗姗时,他周身的血液涌上头部。没错,就是她,林姗姗,他是不会认错的。

一晃眼,三十年过去了。眼前的林姗姗不再是小女孩的模样,岁月将她打造成了一个端庄娴雅的妇人。她依然目中无他,这给了他细细端详她的机会。仍是白皙的肌肤,眼底的天真消失了,取而代之的是宁静和淡然。随着步伐雀跃的马尾辫不见了,及肩的中长发柔顺地垂着,似卷非卷的发梢衬得她的脸庞格外温柔。她比以前丰腴,米褐色的羊毛连衣裙准确地勾勒出她身体不肥也不瘦的曲线。

欧阳宇心潮起伏,他万万没有想到,命运之神会将他旧时的心上人重新雕琢后,再次推送到他面前。

陈年往事涌上心头,学生时代那些与林姗姗相关的细节,渐次从记忆深处浮现。她纯澈的眸子,她瘦削的肩膀,她浅笑嫣然,她若有所思,斑驳的阳光洒在她身上,蒙蒙细雨落在她辫梢,这一切,是欧阳宇寒窗苦读时心底最美好的一抹亮色。这些年,她过得好吗?

沈书遥的事,他听航模组的老同学说起过。"沈书遥因为嫖娼被公安机关拘留,女朋友与他分手了。"在别人嘴里,这件事就这么不痛不痒地说完了,欧阳宇却久久不能平静。女朋友就是林姗姗,她和沈书遥从同学发展到恋人,他是知道的。他心疼林姗姗,一场风花雪月,却遭受惨痛打击,她承受得了吗？若当初陪伴在她身边的是他欧阳宇，她不会经历这么难堪的痛楚。可惜，三十年前，他只能远远地望着她，三十年后，也无非依然如此。

从接二连三的不期而遇中，欧阳宇确定，他和林姗姗就在同一幢写字楼里上班。甚至，一次随意的窗前远眺，他看到了站在不远处那扇窗后面的林姗姗。她望向远方，那神态宁静而知足。欧阳宇相信，现在的她应该是幸福的。

三十年前，欧阳宇有着高度灵敏的直觉，所到之处，若有林姗姗的存在，他就能敏锐地感知到。他总能迅速而准确地发现林姗姗，哪怕她躲在校园一隅看书，或隐在树丛后和同学聊天。三十年后，强烈的好奇心唤醒了他大脑中专属于林姗姗的直觉，对林姗姗现状一探究竟的欲望，令他的目光总能如卫星定位仪一般，在一番扫视后，精准地落到她身上。

欧阳宇并不奢望林姗姗注意到他，他已经习惯了一厢情愿。那次在小广场，当时，一场闹剧正上演，两个女人扭打得不可开交。林姗姗看闹剧看得出神，欧阳宇看林姗姗看得入迷。痴迷中的他哪里料得到，林姗姗会冷不防地一转身，两人会四目相对。仿佛一口埋着秘密的深井，忽然间被撬开一条缝，一缕光线钻进去，秘密未及躲闪不知所措了。欧阳宇是尴尬的，他并没有打算让秘密浮出水面。

然而，渐渐地，欧阳宇感到，他和林姗姗的缘分或许并不

第二章　欧阳宇

止于此。

六月的那个周末,他恰好有事,一早就到了公司。电梯门开时,他惊喜地发现,站在电梯里面的女人正是林姗姗。她急于找东西,头都快钻到包里面去了。欧阳宇站到一边,用余光不动声色地观察着她。

她居然敢肆无忌惮地打量自己,欧阳宇大感意外。她慌乱的举止,他尽收眼底。中年林姗姗竟然在他面前流露出少女般的羞怯,那模样非但没有一丝造作,反而让欧阳宇产生了一种幻觉,恍若站在眼前的是学生时代的林姗姗。

电梯里这幕无言的戏,欧阳宇久久回味着。那天,他想了很多。他断定,在他和林姗姗之间,已经产生了微妙的默契。

明知林姗姗已嫁作人妇,可是在旋转餐厅巧遇林姗姗一家人时,尤其是见到坐在林姗姗身边,殷勤地为她续茶水递点心的那个男人时,欧阳宇分明感到内心有一种酸涩的滋味在膨胀。这个男人,是他对林姗姗现状探索中最感兴趣的一部分。他不止一次地猜想过,能将林姗姗娶回家的,究竟是什么样的男人?

男人长相不错,前额宽阔,脸颊饱满,柔和的眼神传递着善意。欧阳宇略懂识人之术,若论交友,这类聪明儒雅而不失敦厚的面相,是他喜欢的。男人身上的马球衫看似不起眼，胸前低调的标识却是欧阳宇所熟悉的，他也喜欢这个品牌，尽管价格小贵，但品质上乘。这是一个足以让家人过上体面生活的丈夫，欧阳宇不由自主地揣度着。即使已然老夫老妻，他看妻子的眼神依然满是宠爱。他们的女儿，像极了父亲，也像极了母亲，父母的良好基因在她身上发挥得淋漓尽致。

这是美满的一家子。欧阳宇替林姗姗高兴，仿佛他是她的娘家人。同时，他的心里却又有着说不清道不明的不痛快。

孙灵飞，欧阳宇当然认得，她就是在学生时代与林姗姗形影不离的那个女生。看来，她们的友谊维护得不错。望着他们四个人围着桌子有说有笑，欧阳宇十分羡慕，若他也是其中一员就好了，那他就能和林姗姗比肩而坐，与她谈笑风生。

当时，彭嘉佳正谈着公司的业务，欧阳宇心猿意马地应付着。许是受到了感应，林姗姗也向他这边望过来。两人的目光一旦交汇，她躲闪的模样，像极了受惊的小鹿。林姗姗因他而表现出来的慌乱，欧阳宇是熟悉的。曾经，他也因她而心慌意乱。

成年以后，欧阳宇才明白，并非每一个恋人都能像林姗姗那样带给他强烈的爱情冲击。这种心灵的震撼，是空前的，也是绝后的。每每回想起少女林姗姗从他眼前走过的情形，他都深信，那才是爱情经过的样子。

秘密感受到了来自外界的呼应，曾经被强行压制的细胞正在悄悄复苏。那些日子，欧阳宇心神不宁。

如果没有与林姗姗重逢，往事再美，也随风而逝了。如果中年林姗姗臃肿邋遢，他会庆幸自己不曾得到她。如果她仍像学生时代那样无视他，欧阳宇不会蠢蠢欲动。

可是，林姗姗保养得很好，她看上去年轻且气质不俗。他们不但遇见了，还擦出了火花，这让他难以无动于衷。他甚至开始设想各种接近她的方法，但终因太过唐突而逐个推翻。毕竟，以他现在的身份，轻举妄动是不明智的。

那日，处理完手头的事，窗外已暮色四合。欧阳宇来到地下车库，意外发现林姗姗的车还停在车位上。他并不急于回家，而是放慢动作系安全带，有些多余地调整座位和反光镜，他有意无意地在等待着什么。

没过多久，林姗姗出现了。她一身雾霾蓝西装套裙，头发在脑后绾起，整个人显得清爽又干练。她急步向自己的车走去。

欧阳宇停止动作，目光紧随林姗姗。眼见着她的车驶向出口，欧阳宇也不明所以地跟了上去。就在这时，一个幻念闪入他的脑海：一只黑猫从林姗姗的车前一跃而过，林姗姗受了惊吓紧急刹车,自己的车来不及避闪,即使踩了刹车也还是沿着惯性磕了上去,一片静寂中,林姗姗下车朝自己翩翩走来……来不及笑自己荒唐,就这么一走神,车已径直冲出去。欧阳宇赶紧踩住刹车,却听得一声闷响,他的车头稳稳地贴住了她的车尾。

欧阳宇很少像此时这般窘迫,他知道,在林姗姗心里,他一定有"故意肇事"的重大嫌疑。

当她真的下车向他走来时,当她与他面对面交谈时,欧阳宇的窘迫烟消云散,他甚至有些激动,三十年来,他终于和林姗姗"认识"了。尽管林姗姗一脸狐疑,可欧阳宇满不在乎。

一只手搭在了欧阳宇的肩上,尽管是极轻柔的举动,欧阳宇还是一惊,他抬起头,看到彭嘉佳正笑吟吟地望着自己:"想什么呢?"

欧阳宇这才发现,原本捏在手中的瓷片不知何时已掉在玻璃垫上,只剩下拇指和食指空空相对。他迅速调整心绪:"想公司里的事,走神了。"

彭嘉佳把丈夫粘了一半的花瓶捧在手中仔细观赏:"你可真行,还能化腐朽为神奇!"

"小意思,这和组装航模有异曲同工之妙。"

"早点儿睡吧,明天继续。"彭嘉佳将半只花瓶轻轻放回

第二章　欧阳宇

原处。

确实不早了，欧阳宇不得不从满是林姗姗的世界抽离出来。只是，当他洗漱完毕躺到床上时，他不自觉地将脊背朝向了妻子。静默中响起窸窸窣窣的衣物摩擦声，彭嘉佳温热的身体贴了上来，她从后面抱住了欧阳宇。

欧阳宇心下吃惊，通常，只有在需要证明什么的时候，妻子才会主动。他猜测，彭嘉佳多半是从他刚才沉思的神态中嗅到了异样的气息，女人的直觉真是不可思议。今晚，她需要他，不是身体需要，而是心理需要。

彭嘉佳可不是那么容易打发的。多年来，她一直以他为傲，却也一直高度警惕着。她太清楚，像她丈夫这样的男人，遇到的诱惑将会数不胜数。她若愚钝些，很可能一着不慎，满盘皆输。若他交不出完美的答卷，她会使用各种手段出其不意地试探他、管束他。

欧阳宇心领神会地转过身，将头埋入妻子的颈项，手顺着她凹凸有致的曲线抚摸着，却发现心还停留在遥远的地方，没有被拽回来。心的缺失，导致他的身体竟毫无反应，而妻子在他怀里却越来越绵软。

情急之下，欧阳宇有了一个放纵的设想——把彭嘉佳想象成林姗姗。他心一横，伸出手臂，关掉了台灯。一个翻身，妻子被压在身下，他用力地吻住了她，英姿勃发的欧阳宇又回来了。

清脆的鸟鸣声划破了晨间的寂静,也唤醒了欧阳宇。简单洗漱后,欧阳宇换上运动服,照例用晨跑开启一天的时光,这已然是他坚持多年难以割舍的习惯。当他结束长跑,大汗淋漓地回到家中,妻子已为他备好了丰盛的早餐。从她明朗的神情里,欧阳宇知道,对于他昨晚交的答卷,她很满意。

欧阳宇并非不爱妻子。他和彭嘉佳是大学同学。当年,他帅气又有才华,她智慧与美貌兼具,二人两情相悦一拍即合,是令人羡慕的神仙眷侣。

毕业后,两人携手在商海摸爬滚打。欧阳宇精于计算擅长谈判,彭嘉佳心细如发善于统筹;欧阳宇在前方披荆斩棘,彭嘉佳将后方管理得服服帖帖;欧阳宇遇到难题停滞不前,彭嘉佳出面以柔克刚化解矛盾。这一对佳人珠联璧合所向无敌,能有今天的丰硕家业,彭嘉佳功不可没。

连欧阳宇自己都没有料到,久而久之,在他的心中,彭嘉佳的形象起了变化。起初是才貌双全的清纯女孩,后来是外柔内刚的最佳搭档,不知从何时起,欧阳宇觉得,与他同床共枕的是一位钢铁女战士。彭嘉佳的坚强意志和勃勃野心,是只有欧阳宇才真正见识过的。

欧阳宇名下的公司规模日益庞大,业务发展蒸蒸日上,彭嘉佳提出,她也要有一家自己的公司,她不满足于只做欧阳宇的太太和副手。欧阳宇爽快地答应了，他丝毫不怀疑夫人的能力。

出人意料的是，筹建伊始，彭嘉佳就表现出了惊人的企图心。她不择手段地争夺市场资源，急功近利使得她的上进心一度失控。这一切，欧阳宇看得明明白白，他劝导妻子："适可而止，来日方长。"丈夫的话，彭嘉佳是听得进去的。她这才试着放慢节奏，重新调整心态。

几年后，彭嘉佳的公司，无论规模还是效益，都能与欧阳宇公司的相匹敌。欧阳宇为夫人的斐然业绩击掌称好。

无论在外怎样叱咤风云，彭嘉佳始终没有忽略一点，她有一位魅力十足的丈夫。她常强势插手欧阳宇公司的招聘工作，在她的严格筛选下，欧阳宇手下基本都是男性，偶有女性也是其貌不扬或年老色衰者。对于彭嘉佳的这一干预，欧阳宇倒并不反感，妻子的用意显而易见，无非女人常用的伎俩。况且，经过彭嘉佳法眼的筛选，公司录用的新人个个精明能干，欧阳宇乐得轻松。

工作之余，彭嘉佳偶尔给保姆放个假，亲自下厨做些丈夫喜爱的家常菜。每到这个时候，她会在欧阳宇面前作小鸟依人状。可欧阳宇并不买账。当然，他很配合地递给她一个赞许的眼神，心里却颇觉不可思议——这样一个女人，看似柔软娇媚，内里却如同钢铁般强硬。若她柔弱些，他会爱她久一些。如今，面对彭嘉佳，欧阳宇不太有爱的感觉了，取而代之的是战友情、手足情。

或许，到最后，对自己娶到的女子，每个男人都不甚满意，若再勤俭些便好，若再能干些便好，若再开朗些便好……

彭嘉佳的担心绝非多余，确实，这些年，欧阳宇身边诱惑频现。有年轻貌美的女子迷恋他成熟稳重的，有丰韵犹存的少妇想与他逢场作戏的，也有城府颇深的女人想借他上位的，还有大把仰慕者时不时地向他示好。

欧阳宇又不是柳下惠，他不是没有想法。但欧阳宇的聪明在于，他时刻都能把握住重点。就像当年，他其实相当倾心于林姗姗，但他绝不会在应该全力以赴求学时去追逐女孩子。身边的弟兄们给了他太多前车之鉴。原本日子过得顺风顺水，哪天半路杀出个女人，不是相见恨晚就是真爱无敌。兄弟们多半把持不住，一时间爱得如痴如醉。可花前月下没多久，种种问题浮出水面，梦就醒了。无论哪种残局，要收拾得好看，都得花钱。

欧阳宇十分珍惜他和彭嘉佳一起打拼出来的事业。在别人眼里，他们过得光鲜富足，唯有他们自己知道，每一分钱都来之不易。经商多年，投入产出的考量早已深入骨髓，钱可以花，但最好物超所值。

欧阳宇不但精明，眼界还高。什么样的女人值得他下血本？有彭嘉佳这般才貌俱佳的女人做妻子，他很难降低标准去爱慕各方面不如她的女子。因而，即便有诸多倾慕者围绕，欧阳宇的绯闻也甚少，至多不过是些虚无缥缈的传言。

2

终究有一次，欧阳宇动了情。

单美珍是以合作伙伴的身份进入欧阳宇视线的。第一次见面，在他的办公室。单小姐穿着一身黑色提花连衣裙，领口开得有点低，脖颈上挂着一条项链。她的身体，无论是前倾还是后仰，最后，当她站定或坐定时，心形的钻石吊坠总是垂向若隐若现的乳沟。

单小姐有相当标致的五官，不说话时，端庄得像中央电视台的新闻主播，一开口，脸上的表情生动起来，一颦一笑都带着甜美。尤其当她娓娓而谈时，欧阳宇相当满意了。她总是有独到的见解，条理清晰，思维缜密，观点分明很强势，她却总能委婉道来。

漂亮女人欧阳宇见多了，唯有这种内外兼修的女子，才能激活他的征服欲。

单小姐似乎很明白欧阳宇对她的心意，并且享受着这份眼看就要满溢出来的好感。渐渐地，他们商谈事项的地点不再局限于办公室，而是扩展到了咖啡馆、餐厅、酒吧，交流的话题也跃出了工作范围，海阔天空无所不谈。他和她之间，氤氲着浓郁的暧昧气息。

这种气息逃不过彭嘉佳敏锐的神经。彼时，彭嘉佳已经有了自己的公司，但她从未放弃收买欧阳宇公司的保洁员鲍阿姨。

鲍阿姨是彭嘉佳远房亲戚的朋友，在欧阳宇公司做保洁员已有很多年。鲍阿姨并没有多么复杂的特殊任务，她只需兢兢业业地做好本职工作，在被彭嘉佳单独叫去问话的时候，将所见所闻原原本本地向彭嘉佳汇报便可。每逢节假日，彭嘉佳都会私底下塞一份额外的红包给她。正是从鲍阿姨那里，彭嘉佳得知了单美珍其人。

那段时间，欧阳宇和彭嘉佳之间的关系相当紧张。彭嘉佳全身的细胞都警觉起来。尽管她努力掩饰，可眼角眉梢流露出来的窥探之意，却没有躲过欧阳宇的眼睛。

那是星期五的傍晚，欧阳宇和单小姐正在一家餐厅的僻静处相谈甚欢，突然，彭嘉佳出现了。她笑容可掬，用极其温柔悦耳的声音说道："真巧，刚才路过这里，从玻璃窗望进来，正好看到了你们。"说罢，便挨着丈夫亲昵地坐了下来。

欧阳宇太清楚，他挑选的这个位置，哪有什么窗户望得见。不过,他还是从容地将彭嘉佳和单小姐相互介绍一番,又加点了几个妻子爱吃的菜。三人便这样坐定下来,用起了晚餐。都是场面上的人,闲聊的话题信手拈来,即便心存芥蒂,看上去仍一派和气。谁也不愿意先退场,硬是把一顿各怀鬼胎的饭局完整地撑了下来。

末了,彭嘉佳挽着丈夫的手臂张罗着将单小姐送回住处。单小姐一离开,夫妻之间的冷战便开始了。两人谁也不说话,各自想着心事。

欧阳宇疼惜单小姐,在彭嘉佳故意与他亲近时,他看到单小姐的下巴微微一抬,那是受到伤害后倔强的对抗。虽然笑意还挂在脸上,眼神却虚弱无助,她转身离去的背影是那么落寞。

一顿饭的工夫,彭嘉佳已经掂清了情敌的分量。她暗忖,到底是欧阳宇,不出手则已,一出手便给她找来了这么强劲的对手,她该怎么做才能让自己立于不败之地?

在欧阳宇心里,单小姐是单小姐,彭嘉佳是彭嘉佳,一码归一码。彭嘉佳这一搅局,令他心生反感。在他看来,这阵子的彭嘉佳就是个浑身长满眼睛的密探,让人一想起来就瘆得慌。

摆在彭嘉佳面前的形势是,她的丈夫,以及她和丈夫共同奋斗得来的钱财,将要和另一个女人分享,她怎么能允许这样的事情发生?要打败对手,必须知己知彼。这个单美珍到底什么来头,她得好好查查。

原本,和单小姐若即若离的关系,欧阳宇还想继续保持一段时间,他蛮享受这种暧昧不明的感觉。但是,彭嘉佳从天而降,犹如一撮催化剂,迅速在他体内散开,加速了化学反应的发生。

秋阳明媚的下午,欧阳宇把单美珍约了出来。这是他和单小姐之间第一次纯粹的私人约会。单小姐依然一身黑色,将皮肤映衬得更加白皙。不是谁都适合穿黑色,没有一点贵气支撑,很容易显得丧气。欧阳宇坐在车里,注视着款款走来的单小姐,他喜欢这般精致而有气场的女人。

车子停在一片金色麦田边,阳光温和地洒在身上,他们肩并肩沿着田埂无言地走着。从单小姐上车到现在,他们之间不曾说过一句话。

单小姐始终有一种任由欧阳宇摆布的姿态。欧阳宇让她去他办公室,她便去了;欧阳宇约她出来,她便出来了。欧阳宇把这种态度理解为是出于爱。现在,欧阳宇把手搭在了她的肩上,她便任由他搭着。

还是单小姐先开了口:"上次回去,你太太生气了吗?"

欧阳宇默然,他站定下来,仔细端详她的脸,她被看得低下头去。欧阳宇搂住她,她便服服帖帖地靠在了他身上。

第二章 欧阳宇

"美珍,我喜欢你。"他轻声说。

美珍不语,用手臂环住了他的腰。

欧阳宇去吻她的唇,这一次,她不再是顺从,而是热烈回应,两人如漆似胶地缠绵着,都像是要把自己融进对方的身体里去。欧阳宇看到,美珍紧闭的眼里溢出一行泪。

彭嘉佳行事作风向来利落,不出几日,单美珍的底细她已查得八九不离十。得到讯息的那一刻,她大感意外,又不免庆幸。不管怎样,这一仗,她胜券在握。

彭嘉佳推掉所有工作和应酬,提前回到家,亲自下厨做了一桌精美的菜肴。她特意发短信叮嘱丈夫:"务必回家吃饭,有要事相谈。"

傍晚,欧阳宇推开家门,老远便看到餐桌上有鲜花,有佳肴,还有桌旁系着围裙的彭嘉佳。见到丈夫,她莞尔而笑。

"这样的嘉佳真是久违了。"欧阳宇在玄关换着鞋,心想,"只是,她葫芦里卖的什么药?"

欧阳宇默默地洗着手,彭嘉佳已拉开餐椅,她的服务周到得只差一句"欢迎光临"了。彭嘉佳热情地为丈夫夹菜,对于单美珍的事只字未提。她还在酝酿,该如何开口说这件事。毕竟,她懂得丈夫的傲气,事情一摊牌,欧阳宇的自尊恐怕会被深深刺伤。

这顿饭,欧阳宇吃得诚惶诚恐,他已预见到,一个重要的谜底将在今晚揭晓,会是什么呢?

吃罢晚饭,彭嘉佳将欧阳宇拉到沙发边坐下,她刻意用平和的语调说道:"欧阳,有件事很重要,我必须跟你说清楚。"见妻子郑重其事,欧阳宇挑起眉毛点点头,表示愿闻其详。

"是关于单美珍的事。"彭嘉佳顿了顿,瞥一眼欧阳宇。果然,他的脸上闪过一丝不耐烦。

彭嘉佳决定一鼓作气说下去,以免被打断:"我已经调查过此人的底细,她是泰蘅公司的临时雇员,她的任务是接近你,窥探你公司在人事、财务和业务方面存在的法律漏洞,在关键问题上举报你,他们想击垮你。虽说泰蘅是我们的竞争对手,但是没想到他们会使出这一招。你有没有得罪过他们?"

欧阳宇的脸色逐渐变得阴沉。彭嘉佳放低音调,小心翼翼地补充道:"单美珍接过好几家公司的类似业务,能力相当不错,屡屡得手。"

欧阳宇身体前倾,双肘支在腿上,十指交叉,目光无意识地停留在一个地方,许久没有开口。彭嘉佳不再言语,她把一个文件袋放在茶几上便走开了。

确实,欧阳宇的心被狠狠刺痛了。他自以为是的爱情,竟是钻入了别人的圈套。自视甚高的他,居然被一个女人愚弄了?!

第二章　欧阳宇

欧阳宇打开文件袋,从里面抽出厚厚一沓资料。资料是精心整理过的,有文字,有图片。文字白纸黑字地显示着单美珍的履历,毕业于名校,先后就职于几家跨国公司,从履历上看,无甚破绽。照片显然是偷拍的,都是单美珍和泰蘅公司老大的交往瞬间,他们时而举杯,时而交谈。那么,他们谈的,都是关于如何让一个名叫欧阳宇的傻瓜上钩的事?深重的耻辱感袭上心头折磨着欧阳宇,他从未被如此戏弄过。

这一晚,欧阳宇辗转难眠。他翻来覆去地回想着和单美珍交往的种种细节,以及和泰蘅公司的过往。作为同行,只要他欧阳宇的生意做得风生水起,那便是得罪了业内其他公司。市场份额就那么点儿,他占得多了,人家自然就占得少了。欧阳宇扪心自问,自己凭着头脑和魄力赚钱,不曾故意伤害过谁,而泰蘅却想置他于死地。

这个圈套,他们设计得颇为用心。单美珍完全是照着彭嘉佳的模样物色的,单美珍又比彭嘉佳年轻,比彭嘉佳愿意示弱,可以说是彭嘉佳的升级版。放出这样的诱饵,欧阳宇很难不动心。

所幸,动情归动情,生意上的事,该有的城府欧阳宇从未松懈,单美珍应该无所收获。难怪她总是一副招之即来挥之即去的样子,原来这只是她应有的职业素养。不过,他吻她的时候,她为什么那么陶醉,为什么流泪?难道她还有着高超的演技？这等人物，泰薾该是花了高价雇来的吧。

经过一夜思索，欧阳宇有了决定。在行动之前，他还需要进一步证实彭嘉佳对单美珍所做调查的真实性。想到这一点，他不禁觉得自己可笑，并非不信任嘉佳，只是怕错怪了美珍。事情已经到了这一步，他内心深处还希望有那么一点儿可能是冤枉了单美珍。

然而，派出去的人回来向他汇报关于单美珍的种种，与彭嘉佳所言并无二致。

这是一个阴郁的日子，大地苍白，深秋的风将枯叶从树梢吹落，又卷着落叶在空中起舞。欧阳宇敞开的风衣下摆也如同落叶般翻飞着，他阴沉着脸朝一家豪华商务酒店走去。

温暖的室内，欧阳宇脱下风衣，踩着松软的地毯来到窗前，他掏出手机，给单美珍发了一条信息："凯豪酒店1602房，我等你，现在。"随后，他给自己倒了一杯水，坐进沙发，若有所思。

约莫四十分钟以后，门铃响起。欧阳宇起身去开门。

单美珍依然一身黑色，黑色的风衣里面，是黑色薄羊绒连衣裙，领口很低，胸前的项链吊坠垂向若隐若现的乳沟。没错，从第一次见面，这个女人就在卖弄风骚，直到现在，即使秋风萧瑟，她仍义无反顾地炫耀着她的丰满。风衣下面露出两条雪白的小腿，脚上踩着细高跟浅口黑绒面皮鞋。她并不高，只是为了和欧阳宇的身高匹配，才穿上使双脚深受煎熬的鞋子。

欧阳宇将单美珍审视了一会儿才把她让进屋："辛苦你了！"

单美珍并没有听出欧阳宇话语中夹带着的嘲讽之意，她一脸柔情地望向他："哪里，受您邀请，我荣幸之至。"

说罢，她向房间深处走去，随手将包往桌上一放，褪下外套，把自己的风衣和欧阳宇随意丢在床上的风衣一起整理着挂到了衣架上。她回转身，欧阳宇仍站在门边，脸上没有一丝笑意。

"你今天怎么了？"她朝他走去。

欧阳宇一言不发。待单美珍靠近，他冷着脸拦腰抱住她，轻轻抬起她的下巴，最后一次凝视她精巧的面容，随后俯下身粗暴地狂吻她，野蛮地撕扯她的衣服。单美珍惊觉不妙，可她哪里是欧阳宇的对手，她喊不出声，也挣脱不了，除了束手就擒别无他法。

欧阳宇将她扔到床上，没等单美珍欠起身子，他已经重重地压了上去，一时间单美珍喘不过气，这是毫无怜香惜玉之意的暴行。单美珍什么都明白了，这是她和他之间第一次也必定是最后一次肌肤之亲。她曾经幻想过与他结合的情形，却不料是一场暴力，毫无温柔缱绻可言。她忍着痛，无声无息地，任由欧阳宇作践自己。

欧阳宇站在床边系好皮带,眼光滑向赤身裸体的单美珍。那轻蔑的一瞥,让单美珍觉得自己像极了一个廉价的妓女。

欧阳宇穿戴整齐,向着单美珍俯下身去。他看住她,似有许多话要说,却最终什么也没说,头也不回地走了,只留下单美珍独自躺在床上,两眼直愣愣地瞪着天花板,泪水顺着眼角滑落,濡湿了太阳穴。这一次,她输惨了。她早就知道,欧阳宇是自己的克星,因为她无法自控地爱上了他。干她这一行,心软是致命的。她尚未忍心下手,就已经败露。一旦身份暴露,被欧阳宇这样对待,已经算是客气的。她还将面对来自泰蘅公司的巨大压力。

正如单美珍所料,她被欧阳宇公司全面拉黑,她再也联系不上他,再也无法跨进他公司的大门。事情发展到这一步,彭嘉佳那颗悬着的心才落了地。对于泰蘅公司,最好的反击就是将生意做得更大,抢占更多市场份额。欧阳宇和彭嘉佳联手作战,势在必得。并肩战斗的亲密关系,令他们前嫌冰释,和好如初。

大约一年以后。深夜,欧阳宇收到一条来自陌生号码的短消息。他点开信息,一行小字跳了出来:"宇,相信我,我是真的爱过你。美珍"

那会儿,欧阳宇刚结束一场应酬,正靠在座驾的后排座位上闭目养神,司机驾着车子行驶在纵横交错的高架上。欧阳宇把这条信息反复读了几遍,那个流着泪与他拥吻的单美珍,那个即使被他粗暴侵犯依然温顺搂住他的单美珍,在这一刻全都浮现脑海。他突然深信不疑,那时候,单美珍确实爱着他。欧阳宇心中升起难以言说的愧疚和深深的惆怅。

但是,他很快恢复了理智,这份爱亦真亦假,无法触碰,不如就让它随风而逝。欧阳宇的手指缓缓滑过手机屏,单美珍的短信在灯火通明的都市夜色中灰飞烟灭。

单美珍事件之后,欧阳宇对女人有了戒备之心。尤其是那些主动靠近他的女人,他始终警惕着。有很长一段时间,欧阳宇专心经营事业,一心一意地和彭嘉佳过着岁月静好的日子,直到林姗姗的再度出现。

第三章

过 往

1

今晚,林姗姗约了孙灵飞逛百货大楼,她要给自己添置几套行头。孙灵飞被晚高峰堵在路上,林姗姗只得在商场一楼的咖啡馆里消磨时间。

咖啡馆内,四壁仿佛浸润在音乐中,小野丽莎的歌声从角角落落的缝隙漫出来,游丝一般在空间回响:"一股幸福的暖流／流进我心扉／我清楚它来自何方……"林姗姗双手交叉着抱在胸前,下巴抵在手背上。她听着音乐,那略带沙哑的歌喉,散发着慵懒而浪漫的气息。这气息,仿佛来自情人的怀抱。她不禁又想到了欧阳宇。

一想起欧阳宇,林姗姗内心刹那凌乱。自打从欧阳宇办公室夺门而逃,她意识到事态的严重性,她和他已经越矩。为了降低遇见欧阳宇的概率,她恢复了乘地铁上下班。"天气已经转凉""走路可以健身",这些是挂在嘴上的理由,真正的缘由只有她自己心知肚明。

事情却远没那么简单,除了地下车库,欧阳宇还会在其他场合出其不意地现身,令她防不胜防。她想在欧阳宇面前表现得淡定自若又拒人千里,而所有预演在见到他的那一刻必定土崩瓦解。

虽说她和欧阳宇的缘分可追溯到三十年前,可于她而言,欧阳宇是陌生的。这份陌生感带给她的是防御之心。防御着,却又意乱情迷着,这令她十分苦恼。她想方设法躲开欧阳宇,却又鬼使神差地开始装扮自己。清晨,她比以往起得更早,她要留出足够充裕的时间照镜子,为镜中的女子施粉黛、描眉眼,衣柜里的服饰显然已经不够用。

一阵熟悉的声响传来,是孙灵飞丁零当啷地进来了。她一落座就笑林姗姗:"知道你刚才什么表情吗,像小妮子思春!想什么呢?"

林姗姗赶紧整理着衣襟端正坐姿,将一份巧克力慕斯蛋糕推到好友面前:"饿了吧?垫垫饥。"

"你不用对我这么严肃吧?一副公事公办的样子!"孙灵飞又笑,她正用服务员递过来的湿毛巾擦着手。

林姗姗垂下眼睑,缄默不语。

"和许若年吵架了?"孙灵飞自问自答,"不像呀!"

林姗姗决定把与欧阳宇有关的事统统告诉孙灵飞,不

第三章 过 往

然,自己会被这个秘密压得喘不过气。她希望能有一位清醒的旁观者为她指点迷津,孙灵飞无疑是最佳人选。

林姗姗鼓足勇气道出开场白:"还记得上次跟你提起过的欧阳宇吗?"

"记得,老校友。"

林姗姗啜饮一口咖啡,将自己与欧阳宇之间发生的事和盘托出。

听完林姗姗的讲述,孙灵飞沉默了。两人吃着点心喝着咖啡,只听见杯子与碟子、调羹与盘子清灵的碰撞声。

杯盘已空,结完账,她们默契地向女装区走去。置身于林林总总的服饰之间,两人的采购兴致却并不高。她们从一间间时尚新潮的专柜前经过,大致看一看服装的款式,潦草地拈一拈面料,便又朝前走去。她们的心思,都在另一件更重要的事情上。

"看来,你是爱上他了。姗姗,不管怎样,你必须让他得不到,得不到才是最完美的结局。"孙灵飞表现出了局外人才有的冷静。

"爱",这是林姗姗内心竭力回避的一个字,却被闺蜜如此直白地说了出来,直击心坎,听得她心惊肉跳。

"刻骨铭心的爱情你经历过,结果呢?"孙灵飞不得不用林姗姗不堪回首的往事来提醒她,"更何况在我们这个年纪,已经输不起了。"

年轻时，爱情是一个足以让闺蜜们兴致勃勃秉烛夜谈的话题。但是在已婚中年女子之间，这个话题不是欲言又止，就是戛然而止。来龙去脉了然于心，前因后果不言自明，当事人嘴上说着迷茫，心里却是明明白白的。

在商场兜兜转转了几圈仍两手空空，两人兴味索然地离开了商厦。临分别时，孙灵飞提出由她托人去打听欧阳宇的为人，好让林姗姗心里有个底。

夜晚九点多的城市热闹得很，街上依然车水马龙人来人往。面对繁华闹市，林姗姗视若无睹，她朝地铁站走去，厚厚的梧桐叶被她踩出阵阵碎响。关于往事，孙灵飞只提了一句，在她心里却晕染开去，纷扰旧事重又涌上心头。

沈书遥是她的初中同学，从入学起就坐在她的后面。沈书遥是个标准的好看男孩，皮肤白净，眼珠乌黑，两腮的婴儿肥特别讨长辈喜欢。沈书遥爱说笑，下课时，他随便说上几句，周围的同学便乐不可支。不知从何时起，沈书遥讲笑话时，只在乎林姗姗的反应。林姗姗笑起来，眼睛弯得像两轮新月，饱满的红唇咧开来，露出洁白而整齐的牙齿，肩膀随着清脆的笑声抖动着。望着眼前这个可爱的女生，沈书遥心里无比欢喜。待林姗姗转回身去，他便盯着她的马尾辫看。林姗姗的头发乌黑顺滑，根根分明。她身体向后靠时，辫梢正

第三章 过　往

好扫到沈书遥的文具盒。辫梢每扫一次文具盒，都扫在了沈书遥的心上，软软的，痒痒的。

初中毕业的那个暑假，沈书遥鼓起勇气叩响了林姗姗家的门。开门的是林姗姗的妈妈，林妈妈一眼便看懂了这个男孩的心思。她客客气气地请沈书遥进门，把女儿唤出来，将两个孩子让到客厅，端出茶水点心请他们用，自己则避到厨房，边做事边侧耳细听他们的谈话。

凭着一腔坦诚，沈书遥成了林家的常客。林妈妈安排他坐哪儿，他不敢越雷池半步。有时候，林妈妈故意差遣他们去附近的小店买块豆腐什么的，自己则躲到窗帘后面偷偷地看。两个孩子走在路上，肩和肩还离开一大截，男孩总是在说着什么，女儿呵呵直乐。正是这份单纯帮助了沈书遥，使得他和林姗姗的关系保持得顺风顺水，不劳长辈费心猜测，一切都在阳光底下敞亮地进行着。

林姗姗和沈书遥顺理成章地升入了同校的高中部，也就是欧阳宇曾经就读过的校区。到了高中，他们分在不同的班级，但这丝毫不影响他们之间友谊之上恋人未满的关系。两人约定，一定要考入同一所大学。

无论是沈书遥，还是林姗姗，纵使最后分崩离析，他们也一定不会忘记那个蝉鸣声声的夏夜。

那天下午，沈书遥和林姗姗收到了来自同一所大学的录取通知书。傍晚,沈书遥骑着单车来到林姗姗家楼下。没来得及上楼,他就扯开嗓子叫唤林姗姗的名字,脸上尽是掩饰不住的兴奋。听出是沈书遥的声音,林姗姗匆忙下楼。跑得太急,站在沈书遥面前时,她仍气喘吁吁。两人相视而笑,美梦成真的喜悦洋溢在这对少男少女的脸上。那一瞬间,两人都觉得,他们的对视比平日多了一层含义。

"我们走走吧。"沈书遥的声音里满是温情。

他们一起走的时候,肩与肩几乎挨在了一起。两人默不作声,却又心满意足。就在那晚,一座小桥边,他们之间有了第一次亲密接触。浅尝辄止的初吻,美好而甜蜜。林姗姗睁开眼,看到沈书遥的脸上满是柔情蜜意,在路灯的照射下,他的双眸闪耀着爱的微芒。此时此刻,沈书遥写满爱意的脸,深深地印在了林姗姗心里,成为她日后彷徨无助时拿出来证明这份爱的有力佐证。

在一群入学新生中,林姗姗和沈书遥的亲昵显得特别惹眼。课余饭后,别的同学还在自报家门,他俩已经牵手漫步校园。林姗姗觉得自己是幸运的。在充满梦想的豆蔻年华,许多懵懂的爱情只限于单恋、暗恋,最终无非为情所困,不了了之。而她,却可以和沈书遥心心相印,你侬我侬。纵使离开父母在外地上学,她也什么都不担心,因为她有沈书遥。

也就是在大学的四年中,林姗姗和沈书遥的关系突飞猛

第三章 过 往

进。这段异地生活,让两颗年轻的心靠得越来越近。他们对彼此的了解日益深入,从生活习惯,到所思所想,乃至身体发肤。

然而,人的有些习性是连自己都无法预知的。

年少时的沈书遥一定从未想过,自己幽默风趣的谈吐在若干年后会为他带来上佳的女人缘。那时的他也一定不曾料想,有朝一日,体验过男欢女爱滋味的他,竟然会迷恋上女人的身体,欲罢不能。

起初,有女生向沈书遥示好,林姗姗并不紧张。她自己不也有追求者,不都被她拒之门外了吗?她笃定地认为,这份情感稳如磐石。坠入幸福太深的人,往往是盲目的。大四那年,恰是金桂飘香的美好时节,林姗姗童话般的爱情却遭受了重创。

那是星期日,暮色渐至,林姗姗去找沈书遥。靠近男生宿舍楼时,旁侧的小道上传来低语声。林姗姗放慢脚步,好奇地探身去看。待看清眼前这一幕,她浑身都僵硬了。沈书遥整个人靠在墙上,下巴稍稍抬起,双眼微闭,两手放松地垂着,看上去十分享受。他身上,紧紧贴着一个女孩。女孩的手臂环绕着沈书遥的脖颈,嘴唇在他胸口摩挲,一头长发披散下来,遮住了她的侧脸。

林姗姗倒吸一口冷气,失声叫了起来。沈书遥猛地睁开眼,大惊失色。他一把推开女生,顾不得胸前的衬衣扣子还敞着,便向林姗姗急步走来。林姗姗转身就逃,沈书遥疯也似的追上去,他抓住林姗姗的手臂,将她拖进怀里紧紧箍住。林姗姗力不能敌却也不肯罢休,她噼里啪啦地在沈书遥头脸上一阵乱拍。这时,林姗姗闻到,沈书遥身上有一股酒味儿,他的脸颊在酒精的作用下异常红润。

"对不起,姗姗!对不起,我喝多了,原谅我!原谅我,好吗?"沈书遥用尽力气抱住林姗姗,唯恐她逃脱。

这晚,林姗姗第一次尝到了失眠的滋味。原本和室友相约去植物园赏桂,途中室友身体不适,她们提前返校,没想到就撞见了如此不堪的场面。回想当时的情景,林姗姗自问:"是我不够好吗?"泪水决堤而下,在夜深人静的集体宿舍里,她只能无声痛哭。

沈书遥为了求和无所不用其极。在他周而复始的解释中,林姗姗把前言和后语拼凑起来,才大致还原了那天所发生的事。

那日中午,沈书遥参加了朋友的生日聚会,女孩就是在聚会上认识的。女孩刚失恋,独自喝着闷酒。生日宴从中午持续到下午,大家都喝高了。散场时,女孩醉醺醺地跟着沈书遥,说他像她的前男友。最后,两人就稀里糊涂地纠缠在了一起。原来,一切都归咎于酒精。是这样吗?林姗姗不置

第三章 过 往

可否。

沈书遥一次次解释，一次次道歉，一次次挽留，眼见着他为此事日益憔悴，林姗姗的心已经软了。分手，眼下是做不到的。

湖城是许多人才慕名而去的城市。毕业后，林姗姗和沈书遥毫无悬念地回到家乡湖城，开启了各自的职业生涯。

参加工作不久，沈书遥被公司外派去了南方，驻外期限一年。这对恋人还是头一回两地分居，近在眼前的离别淡化了前嫌。临行前，沈书遥动情地握住林姗姗的手："姗姗，等这一年结束，我们就结婚。"望着男友一脸诚挚，久违的踏实感又回到了林姗姗心中。

起初，一有假期，林姗姗就去探望沈书遥。沈书遥也常回家看望父母和女友。分隔两地时，他们每晚睡前通一次电话，说些情意绵绵的废话，然后互道晚安。就这样甜甜蜜蜜地过了大半年，曾经的不快渐被遗忘。"那或许是每对情侣都会遭遇的插曲。"偶尔想起沈书遥的不轨行为，林姗姗如是想。

和林姗姗结婚，沈书遥是认真的。还有三个月，沈书遥的驻外期限就满了。从那时起，他开始在电话里和林姗姗讨论结婚的诸项事宜。这桩大事有着说不完的话题，他们常常为一个细节起了争执，争着吵着，最后却又不由自主地笑了。

一天夜里，林姗姗想到一个自认为很妙的点子，虽然才和未婚夫煲完电话粥，可她还是迫不及待地按下了回拨键。电话没有打通，语音提示对方已关机。林姗姗以为沈书遥已经睡了，便发了一长段短消息过去，期待着一觉醒来能收到回复。

次日清晨，林姗姗并未收到任何回复。整个上午，沈书遥的手机都处于关机状态。她拨通了沈书遥办公室的电话，接电话的人告诉她，沈书遥今天没有去公司。林姗姗把所能想到的联系人都问了一遍，竟然谁都不清楚沈书遥的去向，各种可怕的想象折磨着她。到了晚上，依然没有沈书遥的音讯，她和父母商量是否该报警。

恰好，林姗姗的父亲有位老友在省公安系统工作。林爸爸一边安慰着心急如焚的女儿，一边打电话托老朋友帮忙找个人。

第二天中午，林姗姗得知一条惊人的消息：沈书遥因嫖娼被当地派出所拘留。大脑炸开一个无声的响雷，她瘫坐在椅子上，呆若木鸡。

再听到沈书遥的声音已是半个月以后，电话那头传来低沉嘶哑的语音："姗姗……"他只唤了一声未婚妻的名字便沉默了。

"这次，你也是喝多了？"经过这些时日的沉淀，林姗姗异常冷静。沈书遥半晌不语。

"能给我一个解释吗?"林姗姗希望沈书遥给她一个值得原谅的理由,也许这是个误会。

"姗姗,"沈书遥艰难地开口了,"我不敢给你打电话,我怕……我知道,我做了不该做的事。可是,你不在我身边,我……你知道吗,男人的身体和精神是可以分开的。我非常爱你,可是,生理上的需求,就好像……好像……好像吃饭一样,与爱无关。这点,你能理解吗?"

"吃饭?"林姗姗讶异地反问。她这才醒悟,自己是多么可笑,居然还奢望得到一个原谅他的理由!林姗姗的声音变得尖厉:"你逢年过节是不是还要出去聚餐?"

"不不,姗姗,我不是这个意思,你再好好想想我说的话。"

"好,那我问你,是否我也可以经常去外面吃饭?"

"……"

在沈书遥漫长的静默中,林姗姗无比清晰地看到了这场恋爱的结局。她从未想过,神圣而美好的爱之结合,在沈书遥的心目中,竟等同于吃饭。

尽管沈书遥试图力挽狂澜,最终却还是没能留住林姗姗。之后,他没有再回湖城,而是去了另一个城市定居。

从幸福的云端跌落,林姗姗痛彻心扉。那段晦暗无比的日子,幸好有孙灵飞陪伴。

孙灵飞带着林姗姗参加各种聚会。年轻时,总是热闹,你带着你的朋友,我带着我的朋友,相熟的,不相熟的,先玩起来再说。时间一久,趣味不相投的自动退出,剩下的那几个,几乎忘了最初是怎么认识的,只知道后来他们混成了死党,其中就有许若年。

林姗姗失恋,大家心照不宣。许若年的目光常常追随着林姗姗,说不清为什么,这个瘦弱的女孩总能无端地激起他的保护欲。渐渐地,孙灵飞看出了苗头,她有一百种借口,把护送林姗姗回家的光荣任务托付给许若年。

许若年对林姗姗的追求是和风细雨式的,没有高调的爱之宣言,没有炫目的浪漫光环,有的只是如影随形的陪伴和细致入微的体贴。

觥筹交错的聚会上,林姗姗独坐一隅。许若年找到她,一言不发地陪她坐着,间或端盘点心给她,递杯热茶到她手中。他想,她至少可以舒舒服服地发愁。终于有一天,林姗姗觉得发呆并无多大意义,她转过身来,看到身边坐着的许若年,便与他聊上几句。后来,她习惯了在大大小小的聚会上,只要一转身,身旁站着或坐着的,是许若年。倘若不是,她会下意识地环顾四周,找一找他的身影。

林姗姗愿意说话的时候,许若年就陪她聊天。许若年很有些才气,年轻时的他在业界就已颇具知名度,他设计的作

第三章 过　往

品得过不少奖项。他读过许多书，去过许多地方。因而，当他滔滔不绝时，林姗姗很容易从狭小的失意世界脱离出来，随着许若年的话语，海阔天空地神游。内心的阴霾，就是在一次次神游中渐被扫除。

有一回，许若年不明白自己究竟说了什么击中了林姗姗的笑点，她突然爆发出爽朗的笑声。他意味深长地看着她，脸上露出欣慰的笑容，仿佛他是一位耐心十足的医生，经过一段时间的诊治，病人有了康复的迹象。

然而，沈书遥留给林姗姗的阴影，偶尔还是会跑出来作祟。七月里的某一天是她和沈书遥牵手的纪念日。以往，他们总是要在这天庆祝一番。现在，没有了沈书遥，日子仍如期而至。时间大踏步走来，不回避任何伤痛。

一早，林姗姗的心情就跌停了，这阵子好不容易积攒起来的快乐荡然无存。她潦草地洗了脸，换上一条灰旧的连衣裙，失魂落魄地出了门。一路上，她必须强忍着，才不至于当众哭出来。

刚到公司，部门经理就派给她一堆活，她格外投入地沉浸到工作中。临近下班，她又主动请缨，帮同事分担加班任务。同事正好着急赴约，对她感激涕零。唯有她自己知道，在这个日子，她无法面对下班后的闲暇。她把自己隐入成堆的账簿中，连手机都顾不上看一眼。

处理完所有讨要来的事务,再也没有理由待在空荡荡的办公室。走出写字楼,漆黑的夜幕下,豆大的雨点不由分说地朝她砸来,她一闪身躲回房檐下。雨势越来越猛,天地间形成一片雨雾,水汽弥散开来,时不时被风带着扑到人身上。林姗姗木然呆望雨幕,不知如何是好。

"林姗姗!"一声熟悉的叫唤穿过嘈杂的雨帘传入耳际。她侧过身去,见许若年撑着伞向她跑来。

"你怎么不接电话也不回信息?"他一脸焦急,语气中带着责备。

林姗姗如梦方醒,她从包里掏出手机来看,果然,二十几个未接来电和十多条未读信息。刚才,她只想沉溺工作,手机和座机都切换到了静音模式,没想到差一点成了失踪人口。

"伯父伯母联系不上你,打电话去问孙灵飞,孙灵飞让我帮着一起找你。"经他这一解释,林姗姗猛然想起,自己加班不回家吃晚饭的事没跟父母说,她不禁喃喃自责。

许若年马上拨通孙灵飞的电话,告诉她人已找到,请她赶紧通知林姗姗的父母,让他们尽管放心。收起手机,许若年问林姗姗:"你还没吃饭吧?"

"我不饿。"林姗姗微微动了动嘴唇,声音小得如蚊蝇嗡嗡。

第三章 过　往

　　许若年的视线没有离开过林姗姗，眼前这个苍白瘦削的女孩，她无辜又无助的神情，很让人心疼。他动情地上前一步，一把将她搂入怀中。猝不及防地跌入许若年的怀抱，林姗姗没有抗拒。当她的身体靠上许若年宽厚的身躯时，她感到亲切而舒服，她不想离开，也无力挣扎。"若能一直这样靠着，什么也不去想，什么也不用做，该多好。"她想。

　　许若年把她拥得更紧，他在她耳畔低语："相信我，一辈子都不让你伤心。"林姗姗依偎在许若年的肩头，委屈地撇了撇嘴，泪水潸然而下。

　　那个夜晚，林姗姗的心虚弱至极，是许若年及时将她托住，使得她不至于跌往更深的深渊。林姗姗感激许若年，从此也十分依赖他。

　　一路回想着往事，不知不觉间，林姗姗已经来到了自家楼下。她抬头朝卧室的窗户望去，那里，暖橘色的灯光正从窗帘后面透出来，一定是许若年还在等她。她不由得想起孙灵飞常对她说的一句话："这么好的老许，你上哪里去找？"迈着笃定的步伐，林姗姗进了电梯。

第四章

纠　缠

1

北京的冬天寒风凛冽,南方的冬季装备在此显得过于单薄了。一下飞机,林姗姗便感到寒意正穿透层层防御向她步步紧逼。

这次为期半个月的培训,是林姗姗主动争取来的。在此之前,有许多次学习机会,她都放弃了。丈夫工作繁忙,女儿学习紧张,她分身乏术。现在,她可以多留一些时间给工作了。还有更重要的一层原因,她想离欧阳宇远一些,哪怕只有半个月也好,她要给这段名不正言不顺的爱情一段冷却的时间。再出现在欧阳宇面前时,她希望自己能够镇定自若。

在房间安顿好行李,林姗姗直奔王府井而去,她急需添置一件足够厚实的羽绒服。从熟悉的环境中跳脱出来,独自行进在异乡的闹市,林姗姗感受到了久违的轻松。

看到一家购物中心,她不假思索地拐了进去。今天是培训第一天，学员只需签到，没有课程安排，她有大把自由时间。她穿梭于女装专柜之间，不厌其烦地一件件试穿。直到乏了，她才在一家奶茶铺坐下，点了杯热饮，独自喝着。

出人意料地，一个男低音在身边响起："我觉得这几件适合你。"

林姗姗猛抬头，惊恐地睁圆了眼，是欧阳宇！站在眼前的这个连眼睛都在笑的男人，不是别人，正是欧阳宇！她手一抖，小半杯奶茶泼到了桌上。

欧阳宇顾自坐到林姗姗对面，把四五个鼓鼓囊囊的包装袋往桌上一码，身体朝椅背上一靠，饶有兴味地看着手忙脚乱拿纸巾擦拭桌子的林姗姗："我有这么可怕吗？"

"你怎么会在这里？"林姗姗惊魂未定。

"我和几个朋友在喝茶，隔着窗户看到街上有个人，跟你长得一模一样，我很好奇，就一路跟了过来。"他忍不住轻笑，"你试的衣服，我都帮你看了，这几件很适合你，就都买下了。"欧阳宇的神态像极了恶作剧成功的孩子。

"今天刚到吗？来北京出差？"欧阳宇问。

"是的，参加培训。"

"培训几天？"

"呃……半个月。"林姗姗支吾着，一时间又想不出推托之辞，只得不情不愿地如实相告。

第四章 纠　缠

欧阳宇望了望窗外的天色,向林姗姗发出邀约:"我们一起吃晚饭吧。"

突如其来的一切打乱了阵脚,林姗姗不知如何是好。她想拒绝邀请,可又不忍扫他的兴。"算了,我……"还没等林姗姗嗫嚅完毕,欧阳宇已站起身,拎起一摞袋子,拉起林姗姗的衣袖就往外走。

林姗姗慌了:"喂!等等!"她示意欧阳宇松手,而他却大踏步往外走,完全不理会她的叫唤和挣扎。大庭广众之下,林姗姗实在也不能闹出更大动静,只能随着欧阳宇而去。

这是一种分裂的体验。倘若抛开现实生活的种种,纯粹地感受来自欧阳宇的热情,那是多么美妙的一件事。她暗自打量他,这个风度翩翩的男子,与自己并肩而立,在别人眼里或许也是蛮般配的一对,是不同于他和他妻子强强联手的登对,而是刚强与柔弱的互补。

然而,这番恋爱中的小女人才有的心思转瞬即逝,接踵而至的是一个个一桩桩他和她都无法回避无法割舍的人与事,在这些人和事面前,唯有他,是她可以义正词严地割舍的,也唯有她,是他可以堂而皇之地放弃的。这么想着,林姗姗的心便凉了一半,理智也占了上风。

晚饭后,欧阳宇将她送到酒店门外,要把为她买的衣服交给她时,林姗姗坚决不肯收。他送的披肩至今仍躺在她办公室的柜子里,若再收下这么多衣服,于情于理都不合适。她明白,女人接受男人的礼物意味着什么。不过,她也想到了,如果欧阳宇肯轻易罢手,她也就没有这些烦恼了。

果然,欧阳宇将她拽到一角避风处。他凝视着林姗姗,恳切地说道:"今天遇见你,真的很高兴。北京冷,你得多穿点。为你所做的,是我心甘情愿,你不必有压力。你只需要做一件事,就是允许我待你好。"这样的眼神,这样的情话,却要她死死抵挡。适才好不容易占了上风的理智,眼看就要败下阵来,林姗姗唯有沉默以对。

最后,当然是林姗姗拎着大包小包回到房间。

夜晚,躺在酒店的床上,林姗姗难以入眠。为了保证睡眠质量,她特意申请了单间。周遭固然安静,内心却难以平静。昏黄的灯光中,她举起左手,时而握拳,时而展开——今晚,这只手被欧阳宇牵过。

是在走出热闹的商圈后,在行人稀少的街区,欧阳宇握住了她冰凉的手。如同被电流击中,林姗姗不由得一颤,手迅速从欧阳宇的掌心抽出。抽离的刹那,是她留恋与回味的起点,肌肤相触的短暂瞬间,分明有一股暖流夹带着酥麻的醉意由指尖向全身蔓延。

心脏是个奇怪的器官,它会痛,还会荡漾。沈书遥让她的心脏真真切切地痛过。欧阳宇的靠近,使得她的心脏漾起

第四章 纠 缠

了涟漪，一圈一圈，晃晃悠悠地扩散开去，连呼吸道都起了波纹，她几欲窒息。

清晨，林姗姗打开手机，欧阳宇的信息迫不及待地跳了出来："我回去了。"她不由得舒了口气。

课间休息时，林姗姗才看到手机里还有一条未读信息，是孙灵飞一早发来的："亲爱的，李峥已经托朋友打听过了，欧阳宇这人，据说非常聪明，做事有分寸，女人缘颇佳，你长点儿心吧，别跟个傻白甜似的。"

谢过孙灵飞，林姗姗才恍然想起，对欧阳宇，自己是心怀戒备的，可怎么越提防反倒越亲近了呢？思绪又飘到了欧阳宇身上，主讲老师走进会议室，她在说些什么，林姗姗浑然不知。

"女人缘颇佳"这几个字实在刺眼，尽管她早该料到这一点。那么，他即使谈不上是情场高手，也必定是情场老手，与女人周旋在他是家常便饭，自己只是他诸多暧昧女友中的一个。

一番思量后，晚上，回到房间，林姗姗把欧阳宇送给她的衣服一件件从包装里取出，照着吊牌上印着的售价算出总金额，在微信上转了一笔钱给欧阳宇。欧阳宇既没有收款，也无只字片语的回复。

到了第二天晚上，钱原封不动地由系统自动退了回来。林姗姗不死心，重新转账给欧阳宇，同样地，这笔账依旧在二十四小时后悉数退还。

培训进入倒计时。结课前的那个晚上,林姗姗和几名学员一同有说有笑地从外面回来。步入酒店大堂,她一眼瞥见了坐在休息区的欧阳宇。

欧阳宇跷着二郎腿,外套搭在沙发扶手上,矮几上的一杯茶被喝得所剩无几。看来,他已恭候多时。林姗姗的心咯噔了一下。欧阳宇也在进门的三五人中发现了林姗姗,对视一眼后,两人颇有默契地佯装互不相识。林姗姗和同伴往电梯方向走去,欧阳宇低头翻看手机。

就在林姗姗回到房间后没多久,门铃响起。她飞快打开门,一把将欧阳宇拉进房间,旋即关上门。

"楼道里有人吗?"林姗姗不安地问。

"没有。"

昏黄的廊灯下,林姗姗仍站在门边,她并不将欧阳宇往里请,一副随时准备逐客的姿态:"你怎么跑这儿来了?这一整层楼住的都是我的同行,被人看见了怎么办?"

欧阳宇不接茬,他大步走进房间坐到沙发上,两手交叉着抱住后脑勺,脸上尽是得逞的欢愉:"所以,我就顺利地坐在这儿了。"

"你怎么不想想,房间里万一还有别人呢?"林姗姗气急败坏。

第四章 纠　缠

"我知道你申请了单间。"从欧阳宇笃定的神气中,林姗姗知道,他已经在前台把能打听的都打听清楚了。

"客人来了,你不沏杯茶吗?"他似笑非笑地斜睨着她。

林姗姗仍生气,却不由自主地拿起电茶壶去接水。不多会儿,她将一杯滚烫的茉莉花茶放到小圆几上。

在欧阳宇到来之前,她只随手拧开了一盏床头灯,房内光线微弱,显出一日将尽时的疲乏和温馨。幽暗而狭小的空间内,突然闯进一个男人,一切都变了味,变得暧昧不明。

昏暗中,林姗姗不敢靠近欧阳宇,她将镜前灯、落地台灯、顶灯以及另一盏床头灯一一打开,室内顿时亮堂了许多。她这才在小圆几另一侧的沙发坐下。

欧阳宇偏过头,对着茉莉花茶面露嫌弃之色。林姗姗也向茶杯望去,酒店的免费茶包,被沸水冲出泛黄的茶汤,露出廉价的底牌。想起欧阳宇曾经用上好的新茶款待她,她很是难为情:"不好意思,我这里没有别的茶。"

"时间还早,我们出去喝茶好不好?"

"不去。你找我有事?"

"也没什么事。"

"那你赶紧走吧,这样待着可不合适。"

欧阳宇收敛了先前说笑打趣的神情,郑重地说道:"还是那句话,在北京遇见你,我真的很高兴。一旦回去,我们怕很难有这么好的机会相处了。所以,我想再过来看看你,和你说说话。"

"谁和你'我们'?谁和你'相处'?"

"你只是嘴硬。"

"你别自作聪明,我不是你身边的那些女人,你们莺莺燕燕狂蜂浪蝶随你们去,别拖我下水。"林姗姗心一横,把自认为最刻薄的话抛了出去。

"莺莺燕燕狂蜂浪蝶?你把我当什么人了?"欧阳宇的音调陡然提高,在静谧的空间显得异常洪亮。

"你小点儿声,隔壁会听见的!"林姗姗急了。

"傻瓜,什么都不知道!"欧阳宇降低分贝,但仍能听出他的气愤。他"腾"地站起身走到窗边,拉开半幅窗帘,板着脸望向窗外。

林姗姗也起身,她不知所措地望着欧阳宇的侧影。即使生气,他也站得那么挺拔,双手插在裤兜里,显出几分潇洒。

良久,欧阳宇缓和了脸色,转过身向林姗姗走来。在离她仅一步之遥的地方,他站住了。她本能地向后退了半步,他不依不饶地又向她迈进半步。

"知道我是从什么时候开始喜欢你的吗?"欧阳宇那极具杀伤力的男低音向林姗姗包围过去,她茫然地摇了摇头。

"三十年前,在市心公园的湖边,我第一次见到你,就非

第四章 纠　缠

常喜欢你。那时候,你眼里只有沈书遥。我记得,那时的你,从来没有正眼看过我。从一开始,我就是一厢情愿。"

林姗姗惊愕地抬起头,关于欧阳宇的故事竟然是那样开始的。欧阳宇深情凝望着林姗姗:"我以为,时间已经帮我忘记了你。可事实上,只要忆及往事,首先跳出来的,还是你,所有与你有关的事都那么清晰。三年前,在写字楼的电梯里遇见你,我不敢相信,此生竟还能再见到你,我竟有那么多机会靠近你……"

欧阳的倾诉,欧阳的目光,欧阳的声音,编织成了一张情意绵绵的网,轻柔地将林姗姗困住。她明知,他与她的距离已经越线了,她应该避让,可身体无法动弹,只有心在狂奔乱跳。他们的视线纠缠在了一起。她迎着欧阳宇,忘了羞涩,忘了躲闪。他的脸越来越模糊,她已看不清他的五官,只感受到欧阳宇特有的气息在向她弥漫过来。

最后,他轻轻地衔住了她的上唇。此时,她才惊觉,可是,她的轻唤尚未发出就被欧阳宇温润缠绵的舌压了下去。林姗姗只觉得天旋地转,她在转,欧阳和她一起在转,他们就像八音盒里的玩偶那样,她是穿洁白婚纱的那一个,他是穿黑色西装与她翩翩起舞的那一个。她的意识里有一片湖,湖面的波光灿若星辰,在湖光的映衬下,沈书遥,欧阳宇,船模,都镀上了一层梦幻的光晕……

一个绵绵长吻结束了。林姗姗恍若从梦中醒来,她发现自己正无力地靠住欧阳宇,头枕在他的肩膀上,双臂交叉缠绕着他的脖颈。而他,紧紧地搂着自己。湖和光晕消失了,取而代之的是一双眼睛,那是许若年的眼睛,正炯炯地看着自己。明知是臆想,林姗姗却难以忽略,她惊慌失措地从欧阳宇怀里挣脱出来,羞愧难当地背过身去。

"姗姗!"欧阳宇刚开口,就被林姗姗忙不迭地打断了:"不,你别过来!"

欧阳宇站在原地,看着手足无措的林姗姗怜惜地问:"你,还好吧?"

"你快走,我们以后不要再见面了。"

欧阳宇无言以对,他穿上外套道过晚安,便走出房间轻轻拉上了门。

2

见到前来接机的许若年,林姗姗急切地迎了上去,顾不得周遭人来人往,她就给了丈夫一个大大的拥抱。许若年颇感意外,素日含蓄的爱妻,今天竟如此奔放。他揽住妻子的腰悄声低语:"看来,小别真的胜新婚。"两人说笑着出了机

第四章 纠 缠

场,在旁人看来,这是恩爱有加的一对。

回到家,林姗姗将行李箱内的物件整出来分类归置,许若年自然少不得在旁协助。很快,他就在一堆衣服中挑出了崭新的那几件。每一件,他都展开来评论一番。

"这件漂亮!"顺着许若年的话音,林姗姗看到丈夫手里正拎起一件羊绒毛衣,毛衣的颜色红得像火一样。她很想说,这些衣服是替孙灵飞买的,或者,这些衣服是帮同事带的。数个连自己都不信的谎言在喉咙口滑过,最终都被咽了下去。

"你肤色白,驾驭得了鲜艳的颜色。"许若年已经提起毛衣两端的肩头将衣服比到林姗姗身上,他身体微微后仰,宛如在评判一幅油画:"嗯,挺好!你平时穿得素净,偶尔改变一下风格挺好!"

许若年对新衣服的关注,于林姗姗而言是煎熬。她背过身去,埋头整理衣物,用满不在乎的语调说:"北京太冷,随便买了几件保暖。"

"怎么吊牌还在?"顺着毛衣里侧纤细的棉绳,许若年牵扯出几张挺括的标签。

"哟,忘剪了。"

其实,这些新衣服,林姗姗原封未动,只在万不得已时,才穿过其中的一件。回到酒店,她立即把衣服脱下折回包装，一副随时准备退货的架势。她似乎在做给自己看——我并没有将它们据为己有。但终究是无用的，这不，衣服已经跟着她回了家。

整完行李，林姗姗系上围裙准备下厨。此时此刻，她特别需要用忙碌来掩饰慌乱的心绪。

许若年见状走了过来，他把围裙从妻子身上解下："你刚回来，好好歇歇。菜都准备好了，我炖了胡椒猪肚鸡煲给你暖胃。"

许若年的关爱，十年如一日。但是今天，林姗姗感动得鼻子发酸，她把头埋到丈夫胸口喃喃道："你真好！"

林姗姗异乎寻常的热情，令许若年向她释放更多爱意。这一来一去的情和意，使他们之间真有了几分新婚般的甜蜜。夜阑人静时，许若年给出一个柔情的拥抱，林姗姗便懂得，新婚甜蜜中不可缺少的一部分来了。

在机场，从接机人群中一眼望见许若年时，林姗姗就仿佛溺水者抓到救生圈一般，急切地抓住了他。她要许若年将她拽回现实，圈回家庭，从而远离欧阳宇。因此，黑暗中，当丈夫向她索取温存时，她决定积极迎合。她要他满意，要他尽兴。

3

欧阳宇十分忙碌,这就给了林姗姗充裕的思考空间。欧阳是个魔,唯有远离他,林姗姗才能清醒地审时度势。一个计划在她内心悄然萌生。趁着午休时间,林姗姗将履历重新整理后发送到了各大猎头公司的电子邮箱。

欧阳宇送给林姗姗的衣服挂在衣柜里不见天日,直到许若年要携妻女参加公司聚会。

残冬的午后,阳光分外热烈,将湖城照得遍地是春意。临出门前,许若年执意要求妻子穿上在北京买的大红色羊绒毛衣。小诺也在一旁起哄,强烈支持爸爸的建议。

林姗姗拗不过父女俩,只得从命。看着镜中红彤彤的自己,罪恶感充斥着她的内心。她在羊绒衫外面套上一件象牙白大衣,又将大衣领子高高竖起,直到翻领将红色全部遮住。

公司聚会选在本城赫赫有名的屋顶花园。这是一家开设在五星级酒店楼顶的花园式餐厅。餐厅的顶棚以及四围由大四方玻璃格子镶拼而成,阳光顺畅地透进来,室内似花房般温暖如春。爱美的女士们急不可耐地甩掉了厚重的外套,只穿着单薄的裙衫在聚会中婀娜穿行。

许若年一家刚踏进餐厅,便觉周身一热。和在座的人打着招呼,许若年随手脱去了外套,林姗姗不得已也褪去了大衣。

林姗姗懂得,无论丈夫如何宠溺她,在他的同事面前,她必须是个称职的贤内助,温婉地做丈夫的陪衬。因而,不论对在座的人所谈话题是否感兴趣,她都得体地笑着,附和着。

小诺毕竟还是孩子,伪装不了多久便坐不住了,缠着妈妈陪她四处转转。林姗姗确实也无聊,正好踩着女儿给的台阶,顺理成章地离开了座位。

整个楼顶有两家餐厅,呈镜像分布。林姗姗所在的这家是以浪漫休闲为主题的,另一家餐厅则呈现简约的商务风格,因其视线开阔,环境雅致,吸引了不少商务人士。欧阳宇和彭嘉佳便是那里的常客。

无独有偶,这会儿,欧阳宇夫妇约了三五好友正在此喝下午茶。

迎着和煦的阳光,欧阳宇陷在露天茶座的大沙发里,半眯着眼听别人高谈阔论。意外地,他看到一个火红的身影出现在远处。那身影,欧阳宇熟悉极了。他注视着红色渐行渐近,期望自己的猜想能得到证实。

女子小巧丰腴的身形已在近旁,欧阳宇端正坐姿定睛细看,他完全看清了她的容貌和她身上的毛衣。无须触摸,仅凭肉眼就能判定毛衣的质地十分柔软。夺目的红色衬得她的皮肤白皙通透,乌黑的发丝在阳光下泛着健康的光泽。"到底还是穿上了。"欧阳宇不禁嘴角上扬。

从北京回来,欧阳宇曾数次在微信上发消息问候林姗姗,但对方的态度十分冷淡。和林姗姗的关系已经进展到这一步,他不会轻言放弃。他想,那就姑且搁一搁,待忙完这阵子,相信自己一定会想出办法来。谁知,缘分又让他们相遇,这真是天意。

她女儿,他见过。欧阳宇的注意力转移到了女孩身上,他试图从她脸上找出她母亲的影子。母女俩越来越近,欧阳宇的视线不曾有片刻离开,他期待能与林姗姗四目相对。

一路上,小诺挽着母亲的手,绘声绘色地说着校园趣事。林姗姗沉浸在女儿带给她的快乐中,泰然自若地从欧阳宇面前经过,浑然不觉有双眼睛正追光灯一般地跟随着她。

而这一幕,恰被彭嘉佳看在眼里,她向林姗姗投去了好奇的目光。这个女人,并非她素日严防死守的那类女子。模样倒不差,打扮也得体,但不够时尚,气场太弱,欧阳宇从来不好这口。不过,假若他不感兴趣,又为什么目不转睛地盯着她看?女人已经走过去了,他仍出神地望着她的背影。

彭嘉佳用胳膊肘碰了碰欧阳宇:"谁呀?"

欧阳宇意识到自己失态,他转回身,扶了扶眼镜,轻描淡写道:"好像在哪儿见过。"

他没有理会彭嘉佳猜忌的眼神,若无其事地加入到一场关于国内经济形势的讨论中去。

星期一早晨,林姗姗刚进办公室就收到了欧阳宇发来的信息:"前天看见你了,红色很适合你。"

林姗姗捧着手机的手僵在了半空。她很想知道欧阳宇是在哪里见到她的,那时她在做什么,他又在做什么,为什么见到她没有马上发信息给她……她想在脑海重构当时的场景,以便分析欧阳宇看到的是怎样的自己,自己又是在哪里怎么错过他的。

然而,在林姗姗的片刻犹豫后,欧阳宇只收到了两个字:"谢谢!"这等同于一记急刹车,令一场才刚开启的谈话刹那收尾。欧阳宇只得发了个笑脸过去,却再也没有收到回复。

欧阳宇时常忆起那晚和林姗姗拥吻的情形,他有时怀疑那是幻境。一触到她温软的唇,他的心即刻就化了。他的狂热唤醒了她的热情,他们的配合是那么天衣无缝。欧阳宇确信,事到如今,他和林姗姗已是两情相悦。事后,她的冷淡,只是源于对这份爱的恐惧。

林姗姗收到了三家公司的面试通知。面试后,其中两家均有录用她的意向,林姗姗选择了地段偏远的那家。去那里上班,交通不是很方便,但只要能离欧阳宇远远的,这不是问题。

于是,当欧阳宇再度望向林姗姗办公室的窗口时,他发

第四章 纠 缠

现那里的百叶窗不再像以往那样静静地垂着,而是全部被收起,露出整扇窗户。时不时到窗边露脸的,是一个完全陌生的女人。

欧阳宇打开手机查看林姗姗的朋友圈动态,不料,她的朋友圈仅向他显示了一条冷漠的分割线。他尝试着向她发送信息,却收到了来自系统的提示:你还不是他(她)朋友。欧阳宇的内心生出不祥的预感。

下午,他来到林姗姗先前上班的公司,以办理公事为由要求见林总监,得到的回复却是林总监已辞职,至于去了哪里高就,她本人不愿意透露,所以无可奉告。

回到办公室,望着曾经独属于林姗姗的窗口,欧阳宇怅然若失。那扇窗,寄托了他太多思念。

从他的角度望过去,能看到窗边半个胡桃木色的文件柜。文件柜的玻璃门里,是排列得十分整齐的一组文件盒。林姗姗常常站到柜子前查找资料,那时候,她平直的肩头就会在窗边忽隐忽现忽上忽下。窗前靠墙的位置应该有个矮柜,矮柜上摆了几盆绿色植物。午间,她喜欢站到文件柜与矮柜之间的空隙倚窗而立,有时摆弄植物,有时眺望远方。

直到他堂而皇之的窥视被她发现,那以后,她的白色窗叶终日无声地垂着,像极了她见到他时低垂的眼睑。好在大窗户的上方有扇小推窗,小窗的作息很有规律,朝九开,晚五关。只要小窗按时打卡,欧阳宇就感到心安。他想象着林姗姗端坐于办公桌前的样子,好似他和她的心,会由于空间距离的接近而更加亲近。现在,望着那扇窗,物是人非的惆怅令欧阳宇的心被抽空了一般。

他坐到办公桌前,打开电脑,抱着几分侥幸,在搜索框里输入"林姗姗"以及她刚刚离职的这家公司的名称。他想起,他和她竟没有互留手机号码。他希望能从网页上找到与她有关的蛛丝马迹。

幸运的是,在一张表格的末栏,他看到了联系人"林女士"和她的手机号码。这是一则公司招聘财务人员的启事。不出意外的话,林女士应该就是林姗姗。

欧阳宇没有马上拨打林女士的手机号码。他担心,如若她铁了心要躲他,现在打电话给她,无疑是打草惊蛇,很可能连最后一丝线索都会被她注销。

4

每一段忙碌告终,彭嘉佳都会约上若干好友,安排一趟短途旅行。这次,她物色到了一座建造在山谷的度假村。这里空气清鲜,套房错落有致地分布在山间,坐在阳台,抬眼便能望见远处连绵的青山和薄纱般的云雾。

彭嘉佳去草坪玩马术，欧阳宇推说有些累，仍留在阳台。妻子和朋友们的笑声，山间潺潺的流水声，时不时地传来。到处是触手可及的绿叶，真快，又是春天了，欧阳宇想，这一年，他和林姗姗之间发生了那么多不可思议的事，却转眼间化为乌有。此刻，若有她，该多好。念头一旦产生，思绪便翻山越岭奔向远方。他打开手机，翻到一串号码，毫不犹豫地拨了出去。

"喂！"果然是林姗姗的声音。

"请问哪位？"她略微提高了分贝。

"喂？"声音里有了些疑惑。

直到她挂机，欧阳宇都没出声，他屏住呼吸听着林姗姗的声音，捕捉着她的气息。

度假村很有特色，每间套房的结构和布局不尽相同。彭嘉佳选的这一套，房间是扇形的，落地玻璃窗呈弧形展开，一张圆形双人床摆在中央，坐在床上，看得见窗外郁郁葱葱的树林。

彭嘉佳十分喜欢这里的氛围，尤其中意那袭围住圆床的黛色纱幔。看着喜形于色的妻子，欧阳宇心下发怵，他担心，在这么诗意的环境里，她会提出浪漫的要求。今天，他真的无心应对。晚饭后，欧阳宇以身体不适为由，早早地睡了。

黄昏,欧阳宇独自漫步小树林,一抬眼,见林姗姗穿着一身黛色纱裙站在不远处的海棠树下。"姗姗!"他喜出望外,加快脚步迎上去。谁知,他进一步,她就退一步。"你站那儿别动!"欧阳宇急切地喊。她果然停了脚步,站在原地等他。欧阳宇靠近她,紧紧拽住她的手。她忸怩地背过身去,手顺势滑出了他的掌心。她风一般倏忽就远了,欧阳宇紧追几步,只抓到了裙袂一角,而裙袂泥鳅一般滑出了他的指缝,任凭怎么使劲也揪不住。他大喊:"姗姗!林姗姗!"

欧阳宇醒了,梦境太逼真,醒来仍心急如焚。他感到手上还紧紧抓着什么,侧头一看,自己竟扯了满把垂在床沿的纱幔,掌心被指甲掐得发疼。

黑暗中,欧阳宇长叹一声,子夜梦醒,虽非孑然一身,却感到深深的孤独。他这才想起躺在身边的妻子,她睡容安详,呼吸规律而深重。如果她也在做梦,那一定是美梦。

度假回来,欧阳宇以联络感情为由,约了一拨久未联系的老熟人,由他做东,请大家聚一聚。这些熟人中,有一位是猎头公司的老总,姓李。席间,欧阳宇佯装临时起意,以事不关己的姿态托李总一件小事,帮朋友的公司物色一个财务部经理,请李总方便时留意一下人才库。李总是个爽快人,满口应承。

次日,欧阳宇将早已准备好的一段文字发给李总——

诚招财务部经理一名,待遇优厚,要求:女,全日制本科财务管理专业毕业,本地人,已婚已育,40—45岁,有多年企业财务工作经验,身高1.60米以上,外貌秀丽,气质端庄。

唯有欧阳宇知道,上述岗位要求完全是为林姗姗度身定制的。与其说这是一则招聘启事,还不如说是寻人启事。

李总发来语音调侃道:"兄弟,你朋友是招人还是征婚?"

欧阳宇回复:"呵呵,他比较挑剔,所以总是物色不到合适人选,劳烦你费心了。"

李总秒回:"等我消息!"

数日后,一个压缩文件包发到了欧阳宇的电子邮箱。为了表示自己确已尽心尽力,李总在电子邮件中留言道,他不仅搜索了本公司的人才库,还调用了部分同行的资源。

在一长串电子简历中,欧阳宇欣喜地找到了林姗姗的那份。他立即派助理给李总送去几盒新茶。

看着林姗姗新公司的地址,欧阳宇感到她退避三舍的心意很坚定。那是位于城西的冷僻地段,以如今拥堵的交通状况,走这段路,至少得预留一个半小时。当天下午,欧阳宇提前离开办公室,向城西驶去。

将车停在较远的一处停车场后,欧阳宇步行到林姗姗公司附近,在那里东南西北地溜达一圈,最后选定了一间沿街的咖啡馆。小馆有个十分贴切的名字——临街咖啡馆。

临街咖啡馆与林姗姗所在的公司之间仅隔着一条狭窄的小马路，坐在窗边，可以看见从公司正门出来的每一个人。欧阳宇不喜欢喝咖啡，无奈这里除了咖啡就只有甜腻腻的饮料，他勉强点了杯无糖拿铁，在靠窗的位置坐下，并用窗帘恰到好处地为自己做掩护。

五点开始就有人陆续从公司出来，直到五点过半，还不见林姗姗的身影。欧阳宇琢磨着是否该往她办公室打个电话。踌躇间，眼前一亮，对面推着玻璃门出来的女子，正是他朝思暮想的林姗姗。

林姗姗气色不错，头发在脑后绾起，露出雪白的脖颈，橄榄绿薄呢短外套为她平添几分飒爽之气。一出门，她就朝街的南端走去，在不远处的拐角，消失了踪影。欧阳宇撂下他没有喝过的咖啡，朝着街的南端追随而去……

之后，只要不忙，欧阳宇都会在林姗姗下班前出现在临街咖啡馆。没多久，林姗姗的动态，欧阳宇已基本掌握。五点下班，她却要忙到快六点才出来。出了公司，步行十多分钟到达地铁站，她在那里乘坐一号线回家。从公司到地铁站，途经两个拐角，离公司远的那个拐角，相对冷清。

星期四傍晚，林姗姗下班后朝地铁站走去。来到第二个拐角处，她匆匆前行的脚步戛然而止。暮色中，她看到小

第四章 纠　缠

路的尽头站着一个人,像极了欧阳宇。林姗姗又往前走了几步,她看清,那人就是欧阳宇,他正望着自己,眼神中竟有几分怨怒。林姗姗放缓速度踱到欧阳宇跟前站定,他们默然对视,良久无语。

有路人经过,向他们投去好奇的目光。欧阳宇低声道:"上车聊。"他扶住林姗姗的手臂示意她上车。林姗姗却像种在了地上似的一动不动。欧阳宇一用力,不由分说地把她推进车,随即自己也上了车。两人并排坐在后座,谁也不看谁,仿佛一对怄气的情侣。

"怎么找到我的?"

"我自有办法。"

"你想干什么?"

"为什么躲得这么远?"欧阳宇侧过身,将手臂搭在林姗姗身后的靠背上。

"我没有躲,只是正常的工作变动。"

"嗯,很明智的一次跳槽!交通不方便了,工作强度更大了,薪水反而略有降低。"

显然,她的现状,他很了解。林姗姗不再狡辩。

"其实你大可不必这样,如果你没有爱上我的话。"欧阳宇的直白让林姗姗无地自容。自己的心思,在他面前是掩饰不住的。

"嗯？我说得对吗？"欧阳宇乘胜追击。

林姗姗向欧阳宇转过脸去,她求饶道:"我们不要再联系了好吗？我只想安安静静地生活,不想节外生枝。"

"可是,我很想你。"

"你可以试着不想,时间久了就真的不会想了。"

"这个方法我试过,效果不怎么好。"

"是不是因为得不到才觉得我好？"

"你这么说是不公平的！"

"我觉得就是！你敢说你不是因为执念作祟吗？"林姗姗突然变得激动。

"姗姗！"欧阳宇扳过林姗姗的肩膀,"爱你一直是我一个人的事,但是当我发现你也喜欢我,我真的做不到无动于衷。"

"谁说我喜欢你了？"

"你骗不了我！"欧阳宇强行抱住林姗姗。

欧阳宇的怀抱是有魔法的,林姗姗一靠上便无力地瘫软下去,就在一分钟前她还在强硬地对抗,现在她喃喃道:"我们为什么要自寻烦恼？"

欧阳宇将脸埋入她的发丛,用脸颊摩挲着她的发丝,沉默不语。

"我该走了。"林姗姗企图抽身,欧阳宇却用热吻堵住了她的嘴。缠绵中,似火的情欲在欧阳宇身上滋生,并朝着林姗姗迅猛地蔓延过去。林姗姗惶恐地睁开眼,她使劲推开欧阳宇:"我们都该回家了。"

欧阳宇仿佛被人从梦中唤醒,他睁开迷蒙的双眼,定了定神,见她去意已决,便不再勉强:"我送你。"

"不,我自己回去。"林姗姗理了理头发和衣服,推开车门头也不回地走了。

直到林姗姗的身影消失在视线尽头,欧阳宇才发动汽车。

地铁车厢内,林姗姗思绪万千。到新公司上班的头几天,她感到无比轻松,不必再担心半路杀出个欧阳宇,新的环境里,她轻装上阵,很快适应了那里的一切。

可是,过不了几天,她就发现,空间的阻隔反而令思念更加深切。无论在忙着什么,她的大脑中总有一个角落存放着他。一旦空闲下来,他便被激活,一连串回忆与联想精彩纷呈。她想,这样也好,并不妨碍谁,就当看一场电影,无非主角是自己。

既然是电影,就有情节的跌宕起伏,情绪的潮起潮落。说不准在什么时候,林姗姗才刚庆幸自己的逃离,转眼又为这一段无果的爱恋唏嘘感慨。尤其在夜深人静时,她会想到,此刻,他和他美丽的妻子正同床共枕,他与她正如胶似漆着。那也无可厚非,正如同他办公室窗边的幸福树,枝繁叶茂,每一片叶子都被精心冲洗过,泛着油亮的光泽,这是属于他们的蓬勃的幸福。但是,她的心又为何隐隐作痛?

品尽了相思的酸甜苦辣,她劝慰自己,这不过是一场病,时间能够治愈它。只是,时间疗法是有条件的,必须远离病原体。欧阳宇的再度出现,无疑令治疗前功尽弃,所有逃离的计划和为此付出的代价瞬间归零。然而,懊恼着的同时,林姗姗却感受到了由心底涌起的阵阵甜蜜,欧阳宇掘地三尺找她的心意,令她不自觉地在心中给他加了分。

第五章

反　击

1

　　黑漆漆的夜里，室内的家具影影绰绰，窗外不知哪里照过来的光线，投在窗帘上，显出一片苍白。彭嘉佳侧卧在床假寐许久，终于等来了丈夫均匀的鼾声。她轻巧地探起身，向欧阳宇那侧的床头柜望去，他的手机安然地躺在圆形台灯底座上。

　　彭嘉佳试探着往床沿挪了挪，回头去看欧阳宇，他鼾声依旧。她蹑手蹑脚地绕过床尾，猫到欧阳宇身边，迅速拿起他的手机，无声地拐进了紧挨着卧室的卫生间，旋即将门反锁。

　　夫妻俩用的是同一款手机，只不过外壳的颜色不相同，欧阳宇选了黑色，彭嘉佳选的是中国红。锁屏密码对彼此而言都不是秘密。彭嘉佳往宽厚的浴缸边沿一坐，就在丈夫的手机上熟练地操作起来——关闭所有声音源，快速浏览通信录、聊天记录、相册以及通话记录。"奇怪,竟看不出一丝异常,"她想,"他最近明明很反常。"

正当她起身准备回卧室,突然灵光一闪,她想起,他们曾经讨论过手机里的"隐私空间"。那还是欧阳宇无意中发现的,一个隐藏在手机主空间的私密天地,凭不同于锁屏密码的另一个密码切换进入,十分隐蔽。彭嘉佳试了几组数字,都被提示密码错误。显然,这个秘密空间已被启用,只是她没有权限访问。

彭嘉佳没有穿鞋,光着脚踩在冰凉的地砖上。毕竟春寒料峭,凉意从脚掌心一阵阵地传递上来漫过大腿,她打了个哆嗦。紧了紧披在身上的睡袍,彭嘉佳脚尖着地,一路踮出卫生间,将手机放回原处,重又钻回了被窝。

彭嘉佳相信自己的直觉,这次,绝非多疑。首先出卖欧阳宇的,是他在家时常常出神。那是他顾不得掩饰的神游,思绪飘去了很远的地方。好几次,彭嘉佳喊他,他没有任何反应。他长时间陷入沉思,一动不动,不难猜测,他雕塑般冷峻的表象下藏着一个大秘密。

彭嘉佳曾旁敲侧击地问过他,是否生意上遇到了难题。他说没有。她相信,让他屡屡出神的肯定不是工作上的问题。生意上的事,有什么难处不能摊开来和她彭嘉佳商量呢?

彭嘉佳在欧阳宇面前不动声色,私底下却怎么也按捺不住了,她找来鲍阿姨问话。这一问,她觉出事态严重。鲍阿姨说,最近,老板总是下午三点多就离开公司,没有人知道他去了哪里。下午三点多就已离开公司,却在晚上八点左右才到家,这段时间,他去了哪里?彭嘉佳疑窦丛生。他当然有五花八门的晚归理由,那能信吗?

一天下午,彭嘉佳租了辆车,径直朝欧阳宇公司开去。她将车停在地下车库内一个不起眼的位置,驾驶座被她调成大大的钝角,这恰到好处的角度,使得她既能低低地半躺在车内不至于暴露,又能对车外的动静一目了然。

果然,三点半刚过,欧阳宇就出现了。他的车一出发,彭嘉佳便尾随而去。

毕竟不是训练有素的职业侦探,第一天,彭嘉佳就在湖城最拥堵的路段,眼睁睁地看着丈夫的车迅捷地消失在变化无常的车流中。第二天,只差一秒,她被红灯拦在十字路口,欧阳宇的车扬长而去,闪烁的尾灯似在嘲笑她的无能。

彭嘉佳十分懊恼。手头有许多事等着她去处理,她却还要抽出时间来客串私人侦探。她想过物色一个可靠人选来替她做这件事。可事关面子,哪怕是嫡亲的兄弟姐妹,也不能让他们知道,自己为了维护婚姻正扮演着福尔摩斯。鲍阿姨是唯一的线人,这已足够。

好在每一天的中途折返都有收获,一周后,谜团解开。

原来，她亲爱的丈夫正处心积虑地跟踪着一个女人，如同她费尽心思跟踪着他一样。

当彭嘉佳看到林姗姗从一家公司的玻璃门出来时，她立即认出了，这女人正是在屋顶花园让丈夫目不转睛的那一个。当时，彭嘉佳就评估过她的魅力指数，印象深刻。这个女人完全不是欧阳宇轻描淡写的"好像在哪儿见过"，他和她之间，不简单。

彭嘉佳是躲在一扇废旧的铁门后面，透过门上两指宽的缝隙看清楚那一幕的。欧阳宇的车早早地停在了小巷，他在车子附近踱步，时不时地抬腕看表。过了很久，彭嘉佳的耐心快要被磨光的时候，女人出现了。

看情形，女人并不知道欧阳宇在这里等她。见到他的一刹那，她像是被施了法术定在原地。而后，女人向欧阳宇走去。她和他之间的距离越近，彭嘉佳的心揪得越紧。她害怕他们做出亲昵的举动，但又做不到转身离去。

不出所料，女人在欧阳宇面前站定时，他们之间已经超越了正常的社交距离。他们像一对剪影立在昏暗的路灯下，偶像剧海报一般。彭嘉佳一阵心悸，她下意识地捂住了胸口。

当她再次从锈迹斑斑的缝隙定睛往外看时，欧阳宇正把女人往车里推，随后他自己也上了车。她清晰地听到"砰"的一声,是车门关上的声音。

顾不得周遭满是陈年积灰,彭嘉佳无力地靠在废弃的砖墙上。她后悔了,后悔自己非要追根究底地查个水落石出。眼前发生的一切,是自己能够承受的吗?他们在车里做什么?种种设想扑面而来,彭嘉佳痛苦地闭上了双眼。她完全可以理直气壮地走上前去拉开车门大声质问,可是,她没有勇气。她怕见到她不敢面对的场景,她更害怕欧阳宇会当着她的面维护那个女人的尊严。

趁欧阳宇的车还停在巷子里,彭嘉佳神不知鬼不觉地离开了。她没有回家,而是去了办公室。

通常,过了中午,彭嘉佳就不喝咖啡,以免影响夜间的睡眠质量。可这会儿,她靠在秘书台边,打开咖啡机,给自己来了一杯意式浓缩清咖,一饮而尽。放下杯子,手指仍难以自制地颤抖着。醇厚的香和浓郁的苦像一针强心剂,冲开了淤堵的思路。

思考一旦启动,许多个问号争先恐后地蹦出来——这个女人是谁?他们是怎么认识的?认识多久了?他们的关系发展到了哪一步?在诸多疑问中,最令彭嘉佳费解的是,这个女人究竟哪一点吸引了欧阳宇?

彭嘉佳从未见欧阳宇为谁如此费过神。单美珍出现的那段时间,无论他内心怎么想,起码,在妻子面前,他是试图掩饰的。这一次,他的心走得太远,已无暇顾及旁人的感受。在度假村的那几天,他病恹恹的,像是变了个人,彭嘉佳还从未见过这样的欧阳宇。无论如何,眼下首先要做的是确定这个女人的身份。既然已经知道她所在的公司,查清她的底细并非难事。

彭嘉佳离开办公室时,夜已深。回到家,欧阳宇还坐在书房。她没有解释自己整晚去了哪里。她相信,她不说,他也不会问。现在的他,对妻子的行踪没有兴趣。果然,直到她上楼洗漱完毕在卧室躺下,他也没有过来和她说一句话。

彭嘉佳费了不少心思收集林姗姗的资料。她发现,有段时间,林姗姗和欧阳宇在同一栋写字楼上班,她便以为明白了这个女人的来历。

直到有一天,她注意到,林姗姗毕业于本市第四中学。彭嘉佳分明记得,那也是欧阳宇的母校。她从影集里找到一张照片,是几年前欧阳宇参加中学同学会时拍的合影,照片最上方的那排红字中赫然印着"第四中学"。彭嘉佳脑袋里"嗡"的一声,难道自己竟不是欧阳宇的初恋?

多年来,面对丈夫身边形形色色的女人,彭嘉佳是有底气的。她是欧阳宇之最,她是他最初的爱恋,最默契的搭档,最长久的伴侣。唯有她见识过初出茅庐时意气风发的欧阳宇,唯有她陪伴过商海沉浮中壮志凌云的欧阳宇,唯有她尝过他青涩的初吻，也唯有她亲历过他初次触摸女人身体时的手足无措。她深信，在欧阳宇的生命中，除她以外的所有女人终将是过眼云烟。

现在看来大错特错，在她之前，还有一个女人，令他至今难以释怀。这个叫林姗姗的女人和自己的丈夫之间，究竟发生过什么？谜一样的疑团在彭嘉佳的心里生了根，除去工作时间，她无时无刻不在思考这个问题。

记忆搜索功能一旦全面开启，那些沉睡的片段被渐次唤醒。她想起，有一次搬家，欧阳宇捧着一个木盒子犯难地嘀咕着："放哪儿好呢？"

正往柜子里码书的彭嘉佳好奇地问："里面装了什么？"

欧阳宇说："都是学生时代的物件，奖状校徽什么的，留着做个纪念。"

说着，欧阳宇已经站到椅子上，将盒子推进书柜最上面那层格子里最靠墙的角落。当时，彭嘉佳对那个盒子完全不以为意。如今想来，那里面会不会有她想要的线索？

又是在欧阳宇熟睡以后，彭嘉佳提着拖鞋光着脚丫溜出了卧室。果不其然，木盒子就在她印象中的位置静静地待着。她欣喜地捧出盒子，却看到盒子上挂着一把小巧的铜锁。

趁欧阳宇出差，彭嘉佳将长期以来束之高阁的木盒带到锁匠跟前。她叮嘱锁匠千万小心，不能磨花了盒子上的漆，也不能在锁上留下划痕。锁匠欣然答应。

深夜，客厅的水晶吊灯仍光彩照人，女主人彭嘉佳却形容憔悴。她披散着头发席地而坐，面前的茶几上，欧阳宇的木盒子敞开着，里面空无一物。原本就不大的一个盒子，早已被她翻了个底朝天。

盒子的外形极其素朴，只在原木上刷了一层清漆，在彭嘉佳看来，它低调的外壳只是为了避人耳目。翻开盒盖，呈现在眼前的物件确如欧阳宇所言，一沓泛黄的奖状、几枚校徽、数张毕业照，还有毕业赠言本和一些旅游景点的门票，彭嘉佳逐一过目。

所有零碎物件被移出盒子后，一个方形的牛皮纸包露了出来，它静静地躺在盒底，并不期待被谁打扰。彭嘉佳将纸包托在手上掂了掂，不是很沉。牛皮纸结结实实裹了好几层，每一层都用透明胶封口。好在年份已久，透明胶老化得厉害，她只用指甲小心地剔，封口就开了。褪尽牛皮纸，一本泛黄的硬面抄暴露在灯光下。翻开本子，彭嘉佳的心跳骤然加速——这是欧阳宇的日记本。

她如饥似渴地读着日记，不放过一个标点符号，从下午，一直到晚上。即便是最惊险的侦探小说，也不至于让她如此全神贯注。读着密密麻麻的字句，彭嘉佳的心一点点碎了。深深浅浅的笔迹里有许多个"她",这些"她",无一例外,都是林姗姗的指代。所有篇章都在记录欧阳宇对林姗姗的迷恋。

我不知道喜欢她什么,好像她的一切,我都喜欢。我是不是有点傻?她从来不曾多看我一眼,我却对她情有独钟。想到她其实喜欢着别人,我的心是苦涩的。可是一见到她,我又十分快乐。苦着,并快乐着。这种感觉会上瘾,我戒不掉。

……

今天,她又来了。知道她是来看沈书遥的,可我还是忍不住偷偷去看她。她笑起来真好看……她帮沈书遥找工具,离我很近。她衬衫上的飘带拂到了我的额头,我一动不敢动,连呼吸都屏住了,那种感觉难以描述。

……

快毕业了,要不要向她表白?在她眼里,我就是个陌生人,她难道会接受一个陌生人的求爱?况且她有沈书遥,这谁都看得出来……这一别,可能就是永别。

这是一本专为林姗姗而写的日记,并非每日所记,亦无其他琐事。欧阳宇将无处投放的相思之情,淋漓尽致地抒发于此。

彭嘉佳悲哀地看到,自己只在最后一页被简单提及:

我有女朋友了。现在,想起她的次数已经越来越少,会有将她完全遗忘的那一天吗?顺其自然吧,或许将她永远珍藏在心底是最好的选择。

"女朋友"三个字,在整本日记中,无异于"路人甲"。

事实远比彭嘉佳想象的更残酷。她自以为是的一见倾心、两情相悦只不过是欧阳宇的退而求其次,而风雨携手这么多年以后,她竟依然是他的其次。他把最纯粹的爱给了林姗姗,这种痴迷的待遇,自己从未享受过。彭嘉佳感到胸口发堵。两个女人,一个已经拥有二十多年,一个却是爱而不得三十年之久。彭嘉佳失去了自信。

"若有一个孩子就好了。"她想着。

几乎所有家庭都有一个重要的角色——孩子。每每听人抱怨夫妻感情不好全凭孩子维系,她便想,这又有什么不好呢?倘若她和欧阳宇有一个孩子,她或许就不会花那么多心思去围追堵截别的女人。

对于生活和事业,彭嘉佳自认为全力以赴。回望过去,她无怨无悔。唯独这件事,她追悔莫及。婚后没多久,她就有了身孕。彼时,小夫妻俩创业伊始,整日忙得无暇旁顾。欧阳宇劝她安心养胎，事业由他去打拼。可她执意堕胎，她要和爱人共进退。至于孩子，来日方长，毕竟他们还年轻着呢。

谁知，命运只给了她一次为人母的机会，而她没有把握住。对此，欧阳宇未曾责怪她，反倒经常安慰她，这令她稍许心宽，可是深深的遗憾从未由心底真正抽离。尤其可恨的是，当婚姻遭遇危机时，她手里少了一件法宝。

最初，对于林姗姗，彭嘉佳自信有能力应对，就像工作中遇到棘手的问题时，她所能做到的那样优秀。但是，越接近真相，她越焦躁。丈夫的谎言背后，是到拐角去等那个女人，这还是心高气傲的欧阳宇吗？她亲眼看到，在那个女人面前，他心甘情愿地卑微着。

彭嘉佳的心像一张旧报纸，被一只无形的手狠狠抓起揉成一团，难以舒展。妒意日渐高涨，像许多女人一样，她把怨恨投向了林姗姗。虽然她很清楚地知道，始作俑者是自己的丈夫。

彭嘉佳将盒子里的物品逐个复原，她要不露声色地酝酿对策。

2

接近午休时分，林姗姗正俯身在矮柜里翻找资料，耳边传来三记有力的敲门声,她应道:"请进!"继而,清脆而扎实的脚步声渐行渐近,那是女士尖细的皮鞋跟敲打地面时特有的声响。办公桌宛若一道休止符,将"嗒嗒"有声的进行曲拦腰截断。

在这家追求快速高效的私企中,每个人都步履匆匆,是谁走得这样慢条斯理?

林姗姗好奇地抬起头,见眼前站着位摩登女郎,看年龄不过二十七八岁。女郎一双大眼睛脉脉含情,削尖的下巴秀气中带了些妖媚之气,绸缎般棕栗色长发打着大卷垂至腰际。简单的通勤风衣,经她一穿,令人浮想联翩。风衣的纽扣每一粒都中规中矩地扣着,腰带圈住纤细的腰肢在前端打出一个完美的缎带结。吹弹可破的肌肤从低开的领口露出来,光洁紧致的大长腿从宽松的下摆探出来,胸与腿的遥相呼应,不免令人们,尤其是男人们,产生了对风衣里面的内容一探究竟的好奇。

女郎也在打量林姗姗。林姗姗本能地捋了捋头发,礼貌地问:"请问您找谁?"

"你是林姗姗?"女郎说话嗲声嗲气。

"是的,您是?"

"我是欧阳宇的朋友,想跟你聊聊。"

林姗姗立刻警觉起来,她隐约感到来者不善。她客气地邀请女郎到临街咖啡馆小坐,将这位不速之客带离了公司。

女郎对咖啡馆的熟悉程度丝毫不亚于林姗姗,无须引领,她就熟门熟路地往里走。在一个靠窗的位置,她坐了下来,林姗姗不得不跟着在她对面落座。点了饮品和点心后,林姗姗作出洗耳恭听的姿态静等女郎开口。

"刚才我可能没有说清楚,我是欧阳大哥的女朋友,也就是,他的情人。"说时,女郎脸上带了几分得意。

林姗姗按捺住满腹的讶异和狐疑问道:"我该怎么称呼你?"

"我姓姜,大家都叫我小姜。"她继续说,"从二十岁开始,我就跟着欧阳大哥,他帅气有钱,对我又好。可是最近他变了,对我没有以前那么好了,我就跟踪了他一段时间,发现他在追求你。说实在的,我完全没有想到,我竟然会败给一个中年妇女。"

"林姐,你多幸福,家庭美满,事业有成。我呢,除了欧阳大哥以外一无所有。俗话说,一日夫妻百日恩,我和欧阳大哥好了快十年。这些年里,我为他堕过四次胎,真的很不容易。女人何苦为难女人?我今天是来求你,求求你离开欧阳大哥。只要你让他死心,他一定会回到我身边的。"小姜停止絮叨,眼巴巴地看着林姗姗,似在等她表态。

"小姜,你误会了,我和欧阳宇只是校友,他并没有追求我。你和他之间的事,我不知道,也不想知道。同为女人,我提醒你，欧阳宇是有家室的人，你一个女孩子跟着他是没有盼头的。"

"你看上去挺本分的，怎么说起谎来脸都不红一下。"小姜揶揄道，"欧阳大哥就是坐在我现在这个位置等你下班的，他还去小弄堂等你，你们一起坐进车里，在里面做些什么我就不知道了。"

林姗姗如同遭遇当头棒喝，她和欧阳宇真的被跟踪了。无论如何不能败下阵来，她斩钉截铁地说道："总之，这里头有误会，事情不是你想的那样。"

小姜冷笑一声："随你怎么说，我只相信我亲眼所见。我得提醒你，你有家庭有正经工作，我可是孤家寡人无业游民，我怕谁？若你再和欧阳大哥纠缠不清，我就去你单位闹，去你家闹。"小姜的轻声细语里是赤裸裸的威胁。

林姗姗沉默着，面如死灰。小姜仿佛打赢了一场战役，她以胜利者的姿态宣布："今天先聊到这里，下次会不会再来找你，就看你的表现了。"说罢，她站起身，扭腰摆臀地出了咖啡馆。

林姗姗瞪着小姜坐过的椅子出了神。刚才，为了不至于失态，她屏出了一身汗。她从未想过，在欧阳宇的世界里，竟然还有一个小姜存在。她眯起眼，回想着小姜的举手投足。那是个有着淡淡风尘味的美人，欧阳宇喜欢这样的女人？

忽然,她的脑海闪现写字楼小广场上演的那出闹剧——两个女人为一个男人打架,当时已觉荒唐。如今看来,自己扮演的角色更荒谬!

3

湖城的夜晚,沿途的大树小树被妖娆多姿的灯带纠缠着,散发着节日般快乐的光彩。散置在湖边、草地和小树林的长椅都已坐满了人。林姗姗和孙灵飞坐在一条面湖而置的长椅上喁喁低语,稳稳盘踞一方的姿态令寻觅座位的路人一望便知难而退。

打中午起林姗姗就没吃什么,到了晚上也并不觉着饿。从北京邂逅,到为躲避欧阳宇而辞职,再到小姜的突然出现,林姗姗说着,孙灵飞听着,间或品一口盖了厚厚芝士的茉莉花茶。

孙灵飞越听越着急:"你为什么不跟小姜说是欧阳宇非要缠着你?"

"我不能对陌生人谈欧阳宇吧?更何况,就算是他妻子来质问,我也不会这么说。"林姗姗的话音越来越轻,说到最后,像是自言自语。

"啧啧啧,好仗义哦!"孙灵飞语带讥讽,"再仗义下去,人家要打上门来了。"

"灵飞,我总觉得今天发生的事很虚幻,不真实。你说,欧阳宇怎么会喜欢小姜这样的女人?她看上去好像……好像……是在夜总会工作的。"

"夜总会?"孙灵飞反问。

"是的,穿着打扮、言谈举止,都像那种人。"

"这也不是没可能。男人嘛,各种滋味的女人都要尝一尝,就像我们女人吃甜品一样,尝过原味的,还想试试芝士味儿、榴梿味儿、草莓味儿的。要真是夜总会的女人,那可比你会讨男人欢心,人家是职业选手。"

林姗姗望着湖面,湖水深不可测。

"姗姗,这事你得告诉欧阳宇,一来可以探探虚实,二来让他管好身边的人,别来骚扰你。"

"唉,怎么好端端的惹出这些事来?"林姗姗双眉紧锁。

"你别太担心,小姜原本就是见不得光的身份,她最多嘴上说说,要真找上门来无理取闹,你打电话给我,我来帮你。"孙灵飞的一番话为林姗姗壮了胆,林姗姗感激地点了点头。

上午,欧阳宇正在办公室和几位同行交谈,手机发出提示音。解锁手机,欧阳宇眼前一亮,最新的微信消息竟然来自林姗姗:"明晚有空吗?想见你,有要事商谈。"

第五章 反 击

欧阳宇大喜过望,太阳是打西边儿出来了吗?正高兴,林姗姗又追发了一条信息:"谨慎,有人跟踪。"

欧阳宇将会面地点定在了近郊的一家茶庄。茶庄是他的一位兄弟开的。兄弟听说欧阳宇要约女同学在此见面,立即会意地为他们留出一间隐秘的包厢。

见到林姗姗,欧阳宇难掩内心喜悦:"近来好吗?"

回应他的却是林姗姗淡然的一句"还行"。

包厢门被推开,服务员端进来一整套茶具和两三碟茶点,随即又退了出去。

欧阳宇在茶台前坐下,熟练地煮上一壶开水。他舀起一匙茶叶投入白瓷盖碗。林姗姗的视线跟着他纯熟的动作转着,她又闻到了清雅的茶香。

欧阳宇的肤色有点黑,他不是那种白净的男人,但举手投足间透着斯文。倘若把小姜安放到他的座位旁,协调吗?林姗姗斟酌着自己想象出来的画面——似乎也未尝不可。

欧阳宇全然没有感受到来自林姗姗的低气压,他将一盏香茗递到她手上,并用着打趣的口吻说:"你不是有要事跟我商谈吗?还有人跟踪?说来听听。"

原来,他误以为她在故弄玄虚地找借口跟他会面。林姗姗不得不转入正题:"小姜来找过我。"

"谁?"

"小姜,她来单位找过我。"

"小姜是谁?"欧阳宇满脸疑惑。

"我也想知道小姜是谁。"林姗姗刻意表现得十分平和,她不想让欧阳宇觉得自己在争风吃醋。

欧阳宇越发困惑。

"她说,她是你的情人。"

"情人?"欧阳宇斟茶的手停住了。提及情人,他想起了单美珍。单美珍怎么可能跑去找林姗姗?就算是单美珍,那也该是小单、小美、小珍,哪来的小姜?

"她说跟了你十年,为你堕过四次胎。"

欧阳宇哑然失笑:"好不容易见一次面,你怎么满嘴胡话?"

林姗姗不想再打哑谜,便把小姜去单位找自己的事从头至尾说了一遍。欧阳宇这才认真起来,沉思片刻后,他大胆推测:"有人在捣鬼!"

望着欧阳宇,林姗姗恍惑了,信谁呢?

"万一她真的到我们公司来闹,你叫我怎么见人!"林姗姗仿佛已经看见一场闹剧发生在自己身上,所有同事都跑出来围观,好奇地对她指指点点……她不安地起身来到窗边,正想推开窗户透透气,一转念又住了手,天知道窗外会不会有双眼睛正盯着他们。退回座位,林姗姗心事重重。

欧阳宇心生愧疚,他清楚,这些麻烦都因自己而起。他宽慰林姗姗："你放心,我一定查个明明白白。"

有前车之鉴如单美珍者,欧阳宇很自然地想到,这会不会又是一桩商业阴谋?他在心里把竞争对手轮流琢磨了一遍,好像谁都有嫌疑,又似乎谁都不那么可疑。

不管是谁,被跟踪是事实。他和林姗姗见面的次数少之又少,被熟人撞见的概率极小。能知道他去咖啡馆等林姗姗下班,还知道他去拐角候林姗姗,那必定是有计划的连续跟踪。想到这里,欧阳宇嗅到了熟悉的气息,这阴魂不散的作风,更像是出自彭嘉佳之手。

欧阳宇停妥车,绕过花园,登上几级台阶,在家门口,他站住了。他下意识地侧过脑袋,想听一听屋子里的动静。除了庭院外飘过来路人零星的嬉笑声,他什么也没听到。

推开门,屋内安静得很,客厅和餐厅只开了夜灯,倒是健身房透出光线来。彭嘉佳正戴着耳机在跑步机上慢跑,见到丈夫,她抬了抬眼皮,算是打过招呼了。欧阳宇有心察看妻子的神色,却一无所获。他转身进了书房,在书桌前坐下,打开电脑,随意选了一部电影开始播放。盯着电脑屏,接着刚才回家途中的思路,他继续揣度。

彭嘉佳是从哪里看出端倪的呢?他想起,彭嘉佳只见到过林姗姗一次。那次,在屋顶花园,自己确实稍显失态,但那不足以成为她跟踪他的理由。

小姜是冲着林姗姗去的,如果要对付他,为何从林姗姗下手?如果表象之下藏匿着更深的动机,后续应该还会有新的戏份上演。

竞争对手也好,彭嘉佳也好,这次必须查个水落石出,给林姗姗一个交代,也给自己一个交代。被人设计的耻辱感,欧阳宇至今耿耿于怀,他不会让自己重蹈覆辙。

尽管欧阳宇公司的员工有相当一部分是彭嘉佳招进来的,但是达到把关的目的后,彭嘉佳就放手了,员工的管理由欧阳宇全权掌握。多年来,他已培养出几个精明强干的心腹。

第二天,一到公司,他就将周华叫到办公室。周华是欧阳宇的得力助手,他中等个子,浑身散发着活力,职业装下隐藏着长年在健身房练就的发达肌肉。

周华头脑灵活,办事稳妥,深得欧阳宇的信赖。当时,欧阳宇就是派了他去为林姗姗修车。这次,欧阳宇又交给周华一项重要任务——找出跟踪者。

此后,只要欧阳宇外出,周华就跟在一段距离之外,随时准备"螳螂捕蝉,黄雀在后"。

整整一个月,除了外出办事和日常应酬,欧阳宇每日准时下班,按时到家。他不敢联系林姗姗,唯恐给她带去更多麻烦。这种情形之下,最高兴的人非彭嘉佳莫属。

第五章 反 击

林姗姗的直觉是准确的，小姜就是彭嘉佳从夜总会物色来的。彭嘉佳需要一位姿色出众的年轻女子，首先从视觉上给林姗姗一个下马威。在一堆气质艳俗的女孩中，小姜显得清新脱俗。只是，将这股清流放到林姗姗的世界里，风尘味，即便是淡淡的，也有了很高的辨识度。小姜的说辞都是彭嘉佳设计的。彭嘉佳要求小姜背熟台词，反复演练，直到她满意为止。

令彭嘉佳感到意外的是，小姜的威胁收效极佳。这一阵，丈夫安分得出奇。彭嘉佳有所不知，在她进入梦乡后，她的丈夫仍独坐书房捧着手机，用一个全新的密码打开专属于他的隐私空间。空间里隐匿着一串数字和两张照片。数字是林姗姗的手机号码。两张照片，一张是从林姗姗的电子简历上截下来的证件照，另一张是林姗姗学生时代的照片。

说来也巧，前些年参加同学会，参观校史展厅时，欧阳宇在满墙崭新的复古相框里意外捕捉到了林姗姗的身影。那帧照片拍摄于校运动会，镜头将一个矫健的身姿定格在了跳高横杆上方，那是破背越式跳高校纪录的精彩瞬间。不远处，围观的同学也被摄入镜头，其中就有林姗姗，她正屏声敛气地观望着，目光定在半空。

欧阳宇将照片翻拍了下来。没有人知道，他真正在意的，是相片中那个略显模糊的女孩。夜深人静时，他调出照片,放大,再放大,直到学生时代的林姗姗占满整个手机屏。他看着,用手指轻抚她的刘海,她的脸颊,她的嘴唇,任凭思念汹涌成海。

自然,这一个月,周华的尾随没有任何收获。

4

早会结束后,林姗姗驾驶着公司的车外出办事。从地下车库出来经过公司正门时,她看到路边的公交车站里,新来的小出纳正伸长了脖子等汽车。小出纳刚毕业,青涩得像一枚鲜橄榄。看着她焦急的模样,林姗姗起了怜惜之心,她驾车过去,邀请小出纳上车。小出纳受宠若惊,她坐进副驾驶座,连声道谢。

一上车,两人就交换了彼此的目的地,规划出一条效率最高的办事路线。按计划,林姗姗办完事之后,将小出纳送去未央环球娱乐公司结账。

上午十点左右,阳光铺满了城市。林姗姗将车停在未央环球娱乐公司对面的临时停车区域。小出纳已经穿过马路又折返回来,她从未跨进过夜总会的大门,在她心里,夜总会是一个"不好"的地方。

第五章 反击

隔着半扇车窗,小出纳怯怯地请求林总监陪她进去。林姗姗和颜悦色地宽慰她:"财务部里面都是与你一样的小姑娘,你不用担心。"小出纳仍犹疑不决。林姗姗示意她原地等待,自己将车开进了停车场。

走进未央,眼前一暗。和室外的天朗气清相比,室内显得阴森混浊。老板喜欢在这家夜总会款待客户,时常唤上公司里几个酒量过人的小年轻作陪,林姗姗还是头一回踏进这里。

昏暗而静寂的空间内,林姗姗和小出纳在保安的指引下来到了财务部。财务部空间极其狭小,没有窗户,身处其中很是压抑,林姗姗刚进去就本能地退了出来。

行政区的走廊不见天日,终日像在夜里,尽头有一扇狭窄的门,虚掩的门缝里露出半截浅灰色罗马柱和一角紫金色的地毯。林姗姗拉开门探出头去,好奇地环顾四周。

原来,与行政区一墙之隔的,是夜总会的大堂。白天的夜总会,像卸了妆的女子一般晦暗无神。缀满水晶片的吊灯,镶了金线的吊顶,无数菱形小镜拼成的巨大背景墙,所有装饰只为期待夜的降临,唯有夜才能唤出它们流光溢彩的一面。

突然,寂静的空间响起女子泼辣的叫骂声:"妈的,老娘醉了一宿,没个人来理会!"

紧随着声音,一个女人瘦高的身形出现在廊柱的阴影里,她还在嚷嚷:"整天喝喝喝,喝死拉倒!"

为数不多的几名工作人员看她一眼,脸上露出会意的神色——小姐撒野,他们早就习以为常。

女子一脸浓妆,身上仍是夜间接待客人时的华美服饰。小礼服的花边领被刻意往下拉,露出圆润的肩头,裙摆花瓣般向外绽放,衬得腰身细极了。不知谁扔了一件外套给她,她接住就往身上披。

"赶紧回家歇歇吧。"有人好意劝她。

她不语,将散乱的发髻一松,甩甩头,浓密的棕栗色长波浪披挂下来。

起先,林姗姗只是在暗中看着热闹。现在,她忽然觉得女子似曾相识,定睛细看她的脸,浓墨重彩的眼影下是一双水汪汪的大眼睛,削尖的下巴秀气中更添几分媚态,这不是小姜吗?

林姗姗止住了漫游的脚步,欧阳宇曾经叮嘱过她,若小姜再去纠缠,就立即通知他。眼前的情形始料未及,她思忖片刻,掏出手机,假装翻阅信息,偷偷将镜头对准了小姜。

小姜的照片,林姗姗没有马上发给欧阳宇。她试图重新考量小姜和欧阳宇之间的关系。在夜总会目睹了这个风尘女子宿醉醒来破口大骂的样子,再度想象欧阳宇和小姜并肩而坐的画面，林姗姗感到匪夷所思。她内心的天平开始倾向于相信欧阳宇。几天后，一组小姜的照片跳进了欧阳宇的手机。

5

都市的傍晚，属于白昼的喧嚣渐次退场，夜的繁华正以全新的面貌亮相。城市中心广场的音乐喷泉随着钢琴曲摇曳生姿，彩灯潜在池底，将翩然舞动的水柱渲染得五彩缤纷。高楼大厦的玻璃幕墙更迭交替着巨幅画面，诉说着城市的古往今来。大马路上车流不息，熙来攘往的行人将横在半空的天街挤得水泄不通。下了天街往西走，老远就能看见"未央环球娱乐"六个金色大字在宝蓝色的夜幕下熠熠生辉。

花天锦地的夜总会和行人稀少的居民区之间仅隔着一条小路，小路深处掩映着一片中等规模的住宅区，一名女子从小区的正门走了出来。女子步态妖冶，镶满金线的黑色紧身裙随着身体的扭摆散发着魅惑的光彩。她尚未注意到，路边停靠着一辆白色跑车，车门打开，从驾驶座出来一位男士。

男子瘦高个，身着深色休闲装，在夜色中不甚起眼。他踱到车头靠住车身，右手扶了扶黑色眼镜架，双目注视着迎面而来的时髦女子。

女子走近了,她边走边整理着发卷和裙子,似乎对精心装扮的自己仍不满意。当她抚弄左边的卷发时,脸自然而然地朝右边转过去,白色的车和车前的男人落入她的视线,她旁若无人地甩甩头发继续往前走。

眼看女子离去,男人紧追几步,彬彬有礼道:"沈小姐,请留步!"

女子停住脚步,回过头望向男人,眸子因为好奇而闪闪发亮:"你认识我?"

"在未央见过,你可能不记得了。"

"哦……"女子似乎想起了什么,而谁都看得出她其实什么也没想起来,因为那对眸子立时变得空洞,"找我有事?"

"就问个路,知道明珠郡怎么走吗?"

"前面第二个路口左拐就到了。"女子挑起她的尖下巴朝前方指了指。

"谢谢!"男人毕恭毕敬地道谢,女子斜过来一瞟表示接受。那一瞟,含义颇丰。若曾有交情,这一眼便满是风情;若素昧平生,这一眼便尽是挑逗。

女子袅袅而去。欧阳宇回到车上,转身去看林姗姗。林姗姗隐在后座的黑暗中,目睹了刚才发生的一切。她真切地看到小姜,不,应该是沈小姐,望向欧阳宇时陌生的眼神,那漠然是由心而生的。沈小姐出现时,欧阳宇第一时间掏出手机,将照片中的女人和眼前的女子频频做对比,并忙不迭地向自己确认:"是不是她?"言行举止间透出的急切亦是真实的。林姗姗又想,他们二人若真是情人关系,沈小姐应该不会愿意配合欧阳宇演这样一出戏。

这是欧阳宇布的第一个局。此前,周华已将"小姜"的真实身份调查清楚,并顺藤摸瓜找到了她的住处。今晚,欧阳宇就是带着林姗姗来拦截"小姜"的,他要向林姗姗证实,他和"小姜"确实素不相识。

说实在的,当欧阳宇邀请林姗姗观摩这出戏的时候,林姗姗是矛盾的。她认为自己没有资格去评判欧阳宇和其他异性的关系,但她又实在难抑强烈的好奇。在欧阳宇的促使下,她半推半就地赴了约。

欧阳宇将林姗姗送回到她家附近的三岔路口,目送她拐进小区大门,方才调转车头离去。那厢,另一出好戏正在上演。

沈小姐,全名沈丽娜,熟识她的人都叫她"娜娜",包括常与她逢场作戏的熟客们。刚才这个男人称自己"沈小姐",十分见外,难怪想不起来他是谁。客人里面,什么稀奇古怪的人都有,有些古板老套的,就爱一本正经称呼她"沈小姐"。对于这类人,她只觉得生分无趣。沈丽娜没有把这个细节往深处想,她继续朝未央走去。

前面的路段漆黑一片,像是路灯坏了。人行道十分局促,仅容一人通过。丰茂的树冠一个挨着一个,将小路遮得严严实实,人一旦走进去,就会被黑暗吞噬。沈丽娜心里犯着嘀咕,不由得加快了脚步。

"小姜!"一个男人冷森森的声音在近旁响起,沈丽娜浑身起了一层鸡皮疙瘩。

"小姜"是彭总给她取的代号,她清楚地记得彭总说"姜"字拆开来就是"美女",这个代号用在她身上是再贴切不过的。不必赘言,她已明白来者何人。她拔腿想跑,为时已晚,两个魁梧的身影立在她前面挡住了去路。

"不许叫!上车!"身后还有一个男人,正压低声音呵斥着她。

沈丽娜长期出入鱼龙混杂的夜总会,乌七八糟的事时有耳闻,眼前这场面,令她联想起许多血腥的传说,她浑身不受控制地战栗起来。毕竟混迹江湖多年,身上多少带了些豪横之气,她强作镇定试图谈判:"放过我,给你们多少钱都可以!"

"少废话!"两个男人将她架进汽车,"我们不要钱,就问你几句话,你必须实话实说,否则别怪我们不客气。"

外强中干的沈丽娜只求自保,无须过多逼问,她就将彭嘉佳怎样找到她,又怎么指使她去找林姗姗的事抖搂了出来。

放走沈丽娜,周华拨通了欧阳宇的电话,将事情经过一五一十地做了汇报。不过是一场争风吃醋的闹剧,欧阳宇松了口气。

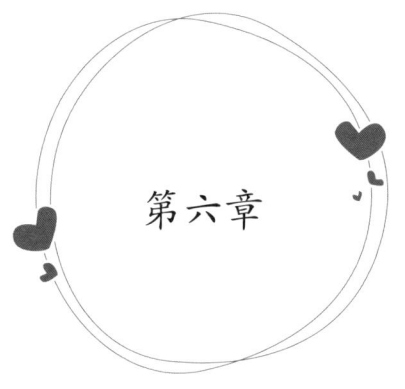

第六章

交　锋

1

办公室的门被轻轻推开,保安小丁手提着纸袋向林姗姗走来:"林总监,您的外卖。"

"我的?"林姗姗一脸错愕。

"是您的,公司有规定,外卖小哥不能进门,所以我帮您拿上来了。"小丁恭恭敬敬地解释完,把纸袋往桌上一放便走了。

隔着包装就能闻到一股浓郁的咖啡香味儿,打开纸袋,里面除了一大杯咖啡,还有一块乳酪蛋糕。小票挂在纸袋外侧,上面赫然印着"林女士"。

林姗姗正疑惑,手机跃出一条信息:"林女士,请用下午茶!"感叹号后面紧跟着一个挤眉弄眼的表情,显得调皮而亲昵,是欧阳宇。

从这天起,欧阳宇的各色礼物,总会在林姗姗意想不到时自天而降,鲜花、丝巾、巧克力,不一而足。林姗姗已经辨不清,这些礼物带给她的究竟是惊喜还是惊吓。礼物不知何时就送到了公司楼下,待保安转交到她手上时,快递员早已不见踪影,她除了收下别无选择。

久而久之,同事间有了共识:林总监的丈夫十分有情调,经常为太太制造浪漫。

"林总监,今天你生日吗?"

"今天结婚纪念日吗?"

办公室有鲜花的日子,常有人这么问。林姗姗不知如何作答,只能笑而不语,这在旁人眼里是甜蜜的默认。

查清"小姜"的幕后指使是彭嘉佳以后,欧阳宇再也不敢贸然去找林姗姗,他担心彭嘉佳会做出更过分的事。他将对林姗姗的执着隐藏得更深。他感谢满城马不停蹄的快递小哥,若没有他们,他该如何释放爱的讯号。由快递小哥代劳,效果远好于他亲力亲为。他的馈赠,她只能收下。她每次说"下不为例",他依旧我行我素。他绞尽脑汁地揣测她的喜好,他们越来越像一对恋爱初期的情侣。

一日,林姗姗从特快专递的大信封里拆出一张入场券。看清券上印着的剧名和剧照,林姗姗既惊又喜,领衔主演是她最喜欢的女演员蒋薇然。蒋薇然曾多次带着她的话剧作品来湖城演出,林姗姗却总是因为太忙而错失良机。这次,

第六章 交　锋

她终于能如愿以偿了。

不过,她马上担忧起来,欧阳宇也去吗,会不会与她并肩而坐？如果是这样,她恐怕要再一次与蒋薇然失之交臂了。林姗姗正思前想后,欧阳宇的信息便来了："给你买的票,我不去。"

话剧上演的日子像个节日,下班时分,林姗姗兴奋地给许若年打去电话,说同事临时转赠了一张票给她,晚上要看完话剧才回家。林姗姗心下诧异,谎言怎么张嘴就来？然而,即将观赏一出大戏的亢奋冲淡了自责。

电话那头,许若年对话剧也颇感兴趣,他仔细地打听着演出时间、话剧内容和演员阵容,末了叮嘱妻子路上小心便挂了机。

演出果然精彩,是爱情剧,林姗姗入戏很深,心绪随着剧情起起伏伏。将要剧终时,手机振动起来,林姗姗将手伸进口袋,指尖刚触到手机,振动就停止了。她恋恋不舍地将视线从舞台移开,转而去看手机。电话是欧阳宇打过来的。紧接着,欧阳宇的信息也闪了出来："往后看。"

林姗姗不自觉地挺直了脊背,头慢慢地向后转过去——在她的右后方,约莫隔着十几个座位外加一条走廊,那里正坐着欧阳宇,他目不斜视地看向舞台,脸上却带着微笑。那笑只有林姗姗才懂得。

"你不是不来吗？"

"我没忍住，后来又给自己买了张票。"

"什么没忍住？"

"一直想和你一起看场电影，今天算了了桩心愿。"

"不怕有人跟踪？"

黑暗中，两人一来一去地发着信息，剧场的灯光骤然亮起，观众席掌声雷动。剧已终，全体演员会合到舞台中央隆重谢幕。林姗姗不自禁地向右后方看去，欧阳宇的座位已经空了。

出于习惯，林姗姗没有随着挤挤挨挨的散场观众往外走，她仍安静地坐着。往常，她会跟在主流队伍末尾姗姗离去。今天，直到场内空无一人，她才起身。下意识地，她拉长了与欧阳宇离场的间隔时间。

盥洗室内绵延的队伍已散尽。洗手台前，林姗姗冲淋着双手。无意间，她瞥了一眼镜子，发现身后不远处站着一个女人。

女人的装束十分惹眼，让人不由得再次向她投去目光——焦糖色的西装套裙一望便知品质不凡，一条色彩冲撞得厉害的印花丝巾从肩头垂至腰际，窄细的黑皮带将上衣和丝巾圈住，展示出女人纤细的腰肢。然而，女人的脸冷若冰霜，与火热的装扮形成鲜明对比。

第六章 交　锋

林姗姗觉得此人好生面熟。当她第三次看向女人的时候，她的心快要从嗓子眼跳出来了——是欧阳宇的太太！似乎是为了证实林姗姗的猜想，彭嘉佳冰冷的声音从她几乎没有张开的双唇间传出来："林姗姗，对吗？"

林姗姗大脑一片空白，她僵硬地直起身子，手背上的水珠顺着指甲滴落到地上。

"我是欧阳宇的妻子彭嘉佳，你可以称呼我欧阳太太。"彭嘉佳的眼里闪着凛冽的光。

"可我并不认识你。"终于有一句话从林姗姗的嘴里蹦出来。

"不认识我不要紧，欧阳宇你总是认识的。"彭嘉佳扯了扯嘴角似笑非笑，"我说呢，我们家欧阳怎么喜欢看话剧了，原来……"没说出的话被一声冷笑代替。

林姗姗呆立着，不知如何是好。

"我专程来看看，究竟是什么样的女人让欧阳宇这么上心。"彭嘉佳傲慢的目光从林姗姗的发梢一寸寸地挪到鞋尖，又从鞋尖迅速扫回到她的发梢，最后，她对林姗姗下了一个结论，"我看你也不过如此。"

"我们来谈谈吧，要我怎么做，你会离开他？你是缺钱呢，还是……"彭嘉佳习惯了自己盛气凌人的姿态。

"我……"

"我知道你想说什么,你想说我误会你们了,你们只是朋友。陈词滥调就不要讲了,没有点儿证据,我是不会来找你的。干脆点,根据你自己的年龄、长相、身材和社会资源,开个合适的价码吧。"

这会儿,林姗姗已经从茫然无措中缓过神来。起初,她是心虚的。但是,女人接二连三的羞辱激起了她的愤怒,她不甘示弱:"我想,但凡你能走进丈夫的心,就不必绕这么大的圈子来找我。"

彭嘉佳高人一等的表情凝固了:"果然,做得了小三的,都不简单。"

"我不是!"

"你不承认也改变不了既定事实。"

"喜欢您丈夫的人和您丈夫喜欢的人,恐怕可以从这里一直排到剧场外,最辛苦的人是欧阳太太您了!"林姗姗内心暗黑的一面被激发了出来。

"吱呀"一声,厕位的门开了,走出来一个陌生女人。她洗着手,从镜中窥视两个针锋相对的女人,脸上露出难抑的惊讶和好奇。她一定没有料到,一次便秘竟然等来一出好戏。明天的午休时间,办公室里有上佳的谈资了。

等陌生女人一步三回头地离开,彭嘉佳才狠狠地警告林姗姗:"你是给脸不要脸。不管你提不提条件,都得离开欧阳宇。再让我发现你和欧阳宇纠缠不休,别怪我不客气。到时候,更别怪我没提醒过你。"

彭嘉佳愤然的脚步声远了。一股复杂的情绪乱麻般郁结于胸,堵得林姗姗喘不过气。她跌跌撞撞地躲进厕位,眼泪奔涌而出。最害怕的事终究还是发生了,而且来得猝不及防,这哪里是她能应付的场面。这个女人,她未曾开口,只用那高贵的气质就已将自己碾压得一败涂地。她轻启朱唇,吐出的每一个字都击中要害。在她面前,自己卑微又轻贱。

林姗姗无处可去,只能坐在抽水马桶的盖子上抱紧双膝蜷成一团。恰在这时,许若年打来电话,说他就在剧场外面,散场这么久,人都走完了,怎么没见到你? 林姗姗不得不收敛起痛苦的表情,她抹去眼泪清了清嗓子,说自己还在卫生间,肠胃不舒服,可能吃坏了。

挂断电话,林姗姗匆匆洗了把脸,向出口走去。走完剧场外斜长的阶梯,她瞥见许若年站在路边。她强打起精神,快步来到许若年跟前:"你怎么来了?"

"这么晚,我怎么会放心让你一个人回家?"许若年牵起林姗姗的手向停车场走去,"你看上去很糟糕,要不要去医院?"

"不用,回家吃点药就会好的。"

彭嘉佳推门而入的时候,欧阳宇正站在客厅中间对着透亮的灯光赏玩他的得意之作——那只因他的妙手而回春的碎瓷花瓶。彭嘉佳没好气地看了一眼丈夫,顾自上楼去了。

直到将疲惫的身体完全浸入浴缸,彭嘉佳才感到周身的细胞脱离了战备状态,她把头往后一靠,发出一声畅快的低吟。闭上眼,今晚发生的事历历在目。

一切都在意料之外。结束一场饭局后,她来到地下车库。记不起车停在哪儿,在女人是常有的事。她在商圈的地下车库逡巡时,欧阳宇的跑车不小心进入了视野。附近有商场、餐馆、剧院,去这些地方的人,都会把车停在这里。欧阳宇去了哪里?

这阵子,丈夫有一些变化,他不再神出鬼没,看上去心情不错。作为妻子,她敏锐地觉察到,丈夫的好心情与自己无关,与谁有关呢?她找不到破绽,萦绕在心头的疑虑却总也挥之不去。现在,她不在家,而他也不在家,这看似寻常的巧合,说不定非同寻常。彭嘉佳当即改变了主意。

从地下车库出来,彭嘉佳漫无目的地走在街上。她的目光扫过露天咖啡座交头接耳的男男女女,餐厅大玻璃窗上晃动着的侧影,三三两两谈笑风生的路人,哪里有欧阳宇的影子?

不远处的大剧院外,仅有三两个黄牛在晃荡。剧院内,一幕好戏应该已经开演。越过几个陌生的身影,彭嘉佳的目

第六章 交　锋

光锁定在一个极其熟悉的背影上，那不就是欧阳宇吗？他从一个穿黑色外套的黄牛手中接过票，三步并作两步就进了剧院。

彭嘉佳快步来到黑衣黄牛跟前，作出要买票的样子，向黄牛一番打听。奇怪，话剧已经演到一半，欧阳宇才入场，他一定不是贪图演出票的折扣价。更奇怪的是，他只买了一张票。一个人去看半出戏，搞的什么鬼？况且，演员阵容里并没有他喜欢的明星。彭嘉佳越想越觉得此事蹊跷。

见彭嘉佳仍未走远，黑衣黄牛走上前来："老板娘，最后一张票，最后一排，你诚心要，我给你再便宜点儿。"

黑漆漆的剧场内座无虚席，彭嘉佳在最后一排唯一的空位坐下。所有人的注意力都在大舞台上，只有彭嘉佳的目光在观众席间搜寻着。她从黄牛口中套出了欧阳宇的座位，找到他并不费劲。

彭嘉佳注意到，整个观众席只有两个人是心不在焉的，一个是自己，另一个是欧阳宇。他时不时地侧头去看什么。循着欧阳宇的视线，彭嘉佳却只看到一个个黑乎乎的后脑勺。

快剧终的时候，欧阳宇细微的身体动作让彭嘉佳意识到有一些隐秘的事正在悄然发生。电光火石间，彭嘉佳的第六感被激活，突然，她什么都明白了。看清林姗姗侧面的那一瞬间，彭嘉佳感到脸上被扎扎实实地抽了一记耳光。

与林姗姗正面交锋是临时起意,事先没有经过周密的准备。彭嘉佳想当然地以为对手是可以肆意践踏的羔羊。她没料到,自己会被这个看似柔弱的女人毫无廉耻地刻薄。她只三言两语,便撕下了自己趾高气扬的面具。是嘀,做欧阳宇的太太何止辛苦,简直没有尊严!

泡完澡,彭嘉佳来到卧室。

欧阳宇坐在床头,正捧着平板电脑翻阅财经新闻。彭嘉佳坐到梳妆台前取了爽肤水拍到脸上,眼睛却从镜子里斜睨着丈夫:"晚上去哪儿了?"

欧阳宇头也不抬,继续刷新闻。

"有人在大剧院看到你了,说你一个人在看话剧。"

"怎么可能?"

彭嘉佳将乳液往脖颈上抹,她换了个话题:"那个打碎的白瓷花瓶,是不是有故事?"

"什么故事?"

"我看你很喜欢,经常拿出来把玩。"

"你想听什么故事?"并不等彭嘉佳回答,欧阳宇已经合上平板电脑躺下了。

彭嘉佳寻思着怎么继续追问,却听得欧阳宇那头响起了呼噜声。

欧阳宇自然是假寐,他心知肚明,妻子的每一句话都在敲打他。他认定,今晚又被跟踪了。若在以前,他会努力掩饰疑点。可是,经历过"小姜"事件后,欧阳宇对彭嘉佳有着说不出来的反感。跟踪,威胁,旁敲侧击,疑神疑鬼,居然还扯花瓶的故事,真是够了!

彭嘉佳的怒火可以向林姗姗发泄,而在欧阳宇这里,她不得不强行按捺。

数日后,又是临睡前,彭嘉佳靠在丈夫的肩头柔声道:"欸,我们要个孩子吧!现在医学这么发达,我们再努力一次?"

"都过了最佳生育年龄,就算尝试,也未必会有好结果。"关于孩子的事,欧阳宇早就接受了现实。

彭嘉佳又道:"那,领养一个?"

"你不是说,领养的孩子总归不放心吗?"

"我就是想要孩子。"彭嘉佳兀自低语,眼里噙了泪水。

见钢铁女战士流露出脆弱的一面,欧阳宇不禁动了恻隐之心,他搂住她:"怎么了?"

彭嘉佳哽咽道:"要是有个孩子该多好!"

欧阳宇拍拍她的肩膀安慰道:"别胡思乱想了,就算没有孩子也挺好的。"

妻子的心思,欧阳宇猜到了,是他对林姗姗的感情令妻子不安,她担心有朝一日他会弃她而去。若有个孩子,他和她之间就多一份牵绊。

为林姗姗离开彭嘉佳？欧阳宇从未想过。他和林姗姗之间的关系很可能仅止于此，朋友不像朋友，情人不似情人。许是一厢情愿得太久，能和她这般若即若离，他已感到很幸福。

欧阳宇不是不清楚，自己正扮演着不光彩的角色。偶尔，他也翻看网络上热播的短视频，视频中常有人以智者的姿态说道一些自以为是的爱情真理。他们把被追求的女人形容成男人的"猎物"，又说男人对女人的喜欢，终极目的是要占有女人的身体。欧阳宇深不以为然，他从未把林姗姗当作"猎物"，为林姗姗所做的，桩桩件件都是真情流露。要说他对林姗姗的身体没有向往，那是假的，他不止一次幻想过和她耳鬓厮磨肌肤相亲的情形。但那是爱的一部分，而绝非终极目的。

抛家舍妻，怎么可能？人到中年，打散原有组合建立新的家庭谈何容易？这在欧阳宇看来无异于天塌地陷，由此产生的副作用，足以抵消感情中所有的美好。如果可以，他想到一个词——私订终身。他希望，林姗姗是他白头偕老的情人。

自从那晚在剧院与彭嘉佳正面交锋后，林姗姗变得郁郁寡欢。她没有跟任何人提起这件事，即使面对孙灵飞，她也难以启齿。怎会如此狼狈！尽管，她的不堪只被一个无足轻重的陌生女人撞见，可是在梦里，她飘到空中，看见自己站在

第六章 交 锋

剧院外的广场中央被路人团团围住,一个焦糖色的女人指着自己的鼻尖声色俱厉地训斥着。好几次,从这样的噩梦中惊醒,林姗姗感到上腹部在痉挛。

林姗姗病了。每每饭后,胃里总是翻江倒海,倒腾得她坐卧难安。去医院做了检查,是胃炎。这可忙坏了许若年,他天天为妻子换着花样炖粥煲汤。

这天,许若年休假。他早早起床,又是熬小米粥,又是做山药馒头。赶在午饭前,许若年将忙活了一上午的成果送到林姗姗办公室。

许若年刚把饭菜摆到桌上,林姗姗的搭档、公司的财务总监叶尚英敲门而入。叶总监稍长林姗姗几岁。她将许若年上下打量一番,又看看桌上的饭菜,不禁感慨:"我们姗姗真是好福气!"随后她对林姗姗说:"本来我有事找你商量,那就下午再说吧,你们先吃。"

说罢,叶总监风风火火地出去了,办公室的门经她随意一拉,虚掩着。许若年走过去,正准备将门关严实,却听到门外有几个女孩在议论他。

"林总监的老公好帅呀!"

"专门给林总监送午饭来的。"

"哇!好暖!"

"还很浪漫,不是经常送花给林总监吗?"

……

关上门,许若年下意识地在房间内搜寻,最后,他的目光落在了墙角的茶几上。那里摆放着一只树皮纹宽口玻璃花瓶,一束淡紫色的玫瑰从延展的瓶口探出头来,鲜绿的枝干在花玻璃后面影影绰绰地伫立着。许若年坐到茶几旁的沙发上,看似漫不经心,实则十分仔细地观察着花束——玫瑰很新鲜,花瓣层层叠叠地舒展着,每一瓣都向他传递着不可言说的信息。

门外女孩们的对话,林姗姗也听到了。她喝着粥,把头埋得很深,很深。

花当然是欧阳宇送的。欧阳宇并不知道,他家的钢铁女战士已经去找过林姗姗了,他仍执着地向心上人献着殷勤。而这一向,林姗姗对欧阳宇是真的冷淡,面对他的一往情深,她选择了沉默。

"花不错,很漂亮。"许若年说。

"前几天孙灵飞送的。"

"孙灵飞?"

"她,路过花店,觉得好看,就给自己买了一束,还让花店的人给我也送了一束过来。"

"哦……"许若年意味深长地应着。

"你吃过午饭了吗,要不要一起吃?"林姗姗这才想起许若年可能还饿着肚子。

"我吃过了。"

这顿饭吃得别扭。虽说都是上好的食材,加之许若年的手艺,美味营养自是不必说。可是,一送走许若年,林姗姗的胃里又翻腾起来,她赶紧取出胃药,和着温开水将药丸吞了下去。

许若年驾着车顺着来时的路回去,一路上,女孩的话音在他耳边缭绕:"还很浪漫,不是经常送花给林总监吗?"

和妻子共同生活快二十年了,她的一切,他太熟悉。她的神态,哪怕只有一丝异样,别人不易察觉,在他,却能一眼洞悉。提及玫瑰,林姗姗极力掩饰的慌乱,没有逃过许若年的眼睛。退一步说,就算这束花是孙灵飞送的,但孙灵飞绝无可能"经常送花"。许若年的眼神变得阴郁。

2

商务舱内,欧阳宇半躺在沙发座椅上闭目养神。这一趟去北京,他要和一家公司谈合作事项。他在心里推敲着合作计划、谈判细节以及后续的实施步骤。手机发出一串"嘀嘀"声打断了欧阳宇的思路,是备忘录的提醒铃音。他朝旁侧的桌板转过脸去，看清待办事项只有两个字：生日。欧阳宇恍然想起，明天是林姗姗的生日。

飞机一落地，欧阳宇就进入了工作状态，高度的专注力令他暂时抛开一切杂念。

深夜，在周华的陪同下，欧阳宇头重脚轻地晃进了酒店的房间。他朝周华挥挥手，示意他回房休息。经常，为着生意上的事，他要喝太多酒。今天还算好的，至少大脑没有断片儿，他仍记得明天，要送一束花给他的姗姗。

沐浴完毕，欧阳宇躺到了柔软的床上。顺着凉爽丝滑的床单，他摸索到刚才随意扔在床角的手机，将手机举到眼前，点开花店姹紫嫣红的主页。浓浓的倦意袭来，眼皮快要招架不住。凭着意志力，他为林姗姗订购了生日花束。订购成功的页面一跳出，他的手就无力地垂下，手机弹出床沿，跌落到了地毯上。

清晨，彭嘉佳被窗外啾啾的鸟鸣声唤醒。她披上丝绒睡袍推开窗，只见远处的几栋楼房被晨曦镀上一层金色。天是淡蓝的，挂着几缕丝绵般的云彩。她伸了个懒腰，深呼吸，为新的一天拉开序幕。

彭嘉佳穿着杏色小香风连衣裙神采奕奕地走进办公室时，她看到办公桌上安然躺着一只硕大的盒子。那是一只黑色的长方形礼盒，褐色丝带在盒盖上系出一枚完美的蝴蝶结。

彭嘉佳放下拎包,好奇地翻开盒盖,满满一盒香槟玫瑰赫然出现在眼前。一簇簇绿得发亮的栀子叶和白色满天星衬得玫瑰娇嫩柔美。花叶间插着一张淡粉色小卡片,雅致的印花图案上写着"生日快乐",署名"宇"。

彭嘉佳心一沉,她嗅到了背叛的气息,一早的好心情消失殆尽。自己的生日在夏天,欧阳宇不可能记错。她快步来到办公桌前打开电脑,轻车熟路地找到了一个隐藏文档。文档里,林姗姗的基本资料一应俱全,出生日期、手机号码、邮箱地址、家庭住址,这些是上回让沈丽娜去找林姗姗时做下的功课。

不出所料,今天正是她的生日!彭嘉佳顺理成章地猜到,一定是欧阳宇点错了接收人地址,花才会出现在这里。

彭嘉佳怒火中烧,她真想把整盒花踩到脚底下,把它们碾个稀巴烂。转念一想,不能就这样把证据毁了,她得做点儿什么。

一整天的繁忙不足以平息她的愤恨,到了下班时间,彭嘉佳仍怒不可遏。她想好了,她要把花送到林姗姗家里,她要告诉林姗姗的丈夫,这是另一个男人送给他妻子的生日礼物。

出了公司,彭嘉佳跟随导航向林姗姗家直驶而去。

傍晚时分,金红的晚霞映满半边天。朋友圈沸腾了,精心修饰过的照片填满九宫格,尽是蓝天赤水、落日熔金,一组又一组,频频刷新。似乎每个人都在狂欢,唯独彭嘉佳的心是阴冷的。

半小时前,彭嘉佳的车已经停在了伊悦府正门对面。林姗姗一家就住在这个小区。计划了一天的闹剧,眼看就要上演,她却迟疑了。"这算什么?"她问自己,"我堂堂彭嘉佳,要以一个怨妇的形象去别人家里闹,我还能更失败吗?"

正犹疑着,意外的一幕映入眼帘。有人从小区正门信步出来,那应当是一家三口。女子身着牛仔连衣裙,肩上搭一款白色运动披肩,显得活力十足。她身边的男人像是有意与妻子的装束相呼应,只简单地穿着白衬衣和牛仔裤,倒也气度不凡。女子的另一边依偎着一个女孩,女孩高出妈妈一大截,她显然刚从学校回来,身上仍是藏蓝色校服。三人有说有笑地出了小区,在不远处拐进了一栋小洋房。彭嘉佳认出了,那女子正是林姗姗,她轻踩油门缓缓地跟了上去。

小洋房是一家口碑极好的中餐厅,许若年订了一楼靠窗的位置。彭嘉佳只需坐在车内,他们一家人进餐的情形便一目了然。她的视线,被林姗姗的笑容牢牢抓住。

不可否认,林姗姗的笑颜很美,她笑起来眼里闪烁着无数快乐的小星星。能这样笑的女人,是被丈夫宠着的,被女儿爱着的。她幸福,因为她无忧无虑。她的生日,连晚霞都出来捧场。

林姗姗笑得越欢,彭嘉佳的脸色越阴沉。她瞥见反光镜中的自己,一双充满怨怒的眼睛,紧锁的眉心扯得眼睑都起了褶皱,仿佛一天之内苍老了许多。

彭嘉佳不再去看那沉浸在快乐中的一家子,她发动引擎,疾驰而去。

十字路口,红灯亮起,彭嘉佳踩下刹车,手指不耐烦地在方向盘上敲打着,她的目光漫无目的地投向街角。

街角有家花店,是用老房子改造而成的,裸露在外的一砖一瓦,流露出沧桑而雅致的韵味。为了招徕客人,店门外横着辆没有围栏的铁艺花车,一排黑颜色的醒花桶罗列在车上,醒花桶里展示着招摇的红玫瑰、矜持的粉玫瑰,还有——彭嘉佳看到最右侧的位置,放了一束香槟玫瑰。盯着香槟玫瑰,一个邪恶的念头在她内心萌生。

半小时以后,彭嘉佳将车停在了小洋房对面,她往椅背上一靠,满怀期待地望向餐厅。

生日餐进入高潮,裱满奶油花的生日蛋糕已摆上餐桌,男人用打火机将生日蜡烛一一点亮,林姗姗双手合十满面春风,她已经酝酿好了心愿。

恰恰就在这时,一个手捧花束的小男孩跑到餐桌旁打断了他们的仪式。男孩不过七八岁,一双明亮的大眼睛忽闪着。他恭恭敬敬地将花束放到桌上,天真而又郑重地说道:"祝林阿姨生日快乐!"

林姗姗一家人看看小男孩又看看花,看看花再看看小男孩,不明所以。没等发问,小男孩自己就交代了:"是一个叔叔让我送来的。"

林姗姗和许若年本能地交换了一下眼神,随后,他们的目光齐刷刷地落在花束上。这是一束被栀子叶和满天星簇拥着的香槟玫瑰,花叶间散发出阵阵幽香。

女儿小诺像是发现了新大陆:"哈!太有意思了,有人暗恋妈妈!"

林姗姗的脸涨得通红。许若年瞥一眼林姗姗,低下身去问男孩:"什么样的叔叔?"

男孩不知该如何作答,茫然地朝窗外望去。此刻,窗外的马路上连个人影都没有。男孩摇摇头转身要走。许若年一把拉住他,蹲下身温柔地问:"能告诉我那个叔叔长什么样吗?"

"我没见过。"

"这束花是谁给你的呢?"

"我,我不知道。"

许若年尽可能表现得和蔼可亲,然而,不谙世事的孩童总能以他们的方式解读这个世界。眼前发生的一切,完全出乎男孩的预料，他以为他送出的鲜花和祝福会换来掌声和欢笑。事实上，他只得到了诧异、惊愕和藏在和气后面的追问。

小男孩害怕了，眼泪在眼眶里打转。茫然无措中，他鼓足勇气，使出全身力气，将蹲在他面前的这个毫不设防的男人推倒在地，转身逃离了餐厅。

男孩一溜烟不见了，剩下许若年、林姗姗和小诺面面相觑，他们不约而同地看向窗外。窗外，天色已暗，窄小的马路对面是郁郁葱葱的树荫，树荫下的路面画着车位线，一格接一格，汽车便一辆接一辆地停成了长龙，望不到头。

林姗姗一家人怎么都没想到，一个叫彭嘉佳的女人，此刻正坐在路边一辆黑色轿车里，幸灾乐祸地欣赏着自己导演的这出戏。

彭嘉佳照着欧阳宇送的花，在花店一模一样地配了一束。在餐厅附近的巷子里，她物色到了一个闲逛的小男孩。在她的蛊惑下，不明就里的男孩以为自己将要完成的是一项十分光荣的任务，便兴高采烈地接过了鲜花。

待男孩远去，彭嘉佳回到车上。她知道自己隐藏得很好，车外的人无法看清车内的动静。而她，却可以透过车窗将置身于餐厅灯光下的他们看得更加真切。无疑，她的目的达到了，生日餐仍继续着，而林姗姗那独揽宠爱的笑容消失了。彭嘉佳这才离去。

推开家门,屋里一片漆黑。保姆已经干完所有活儿下班了,欧阳宇要明天才回来。周末之夜,空荡荡的房子里,只有孤零零的彭嘉佳。她脱了皮鞋,把包往地上一扔,也不开灯,径直躺到了美人榻上。

她似乎应当高兴,毕竟,就在刚才,她亲手扼杀了那个女人的笑容。可是,内心深处有个声音在说:"没什么可得意的,你依然是输家。"

彭嘉佳盯着黑洞洞的天花板,天花板上,林姗姗在笑。她闭上眼,脑海里,林姗姗还在笑。这是一朵荆棘之花,明艳动人之下暗藏无数利刺,扎得人生疼。彭嘉佳的心被扎出血来,她"腾"地起身,打开所有灯,驱赶那阴魂不散的笑靥。

洗完澡,换上睡衣,彭嘉佳照例坐到梳妆台前。台面上整齐地排列着形色各异的瓶瓶罐罐,件件价格不菲。每晚,彭嘉佳从高的矮的胖的瘦的瓶子里,轻柔地取出粉的蓝的白的透明的护肤品,不厌其烦地一层层拍到脸上。每每此时,她都要自我陶醉一番——镜中的这个女人很美,不是吗?

然而今天,镜中的自己落寞至极。"我比她美,"她想,"可这无济于事,她拥有的比我多得多。她拥有丈夫的爱、女儿的爱,还享受着我的丈夫对她的爱。我呢?我有什么?"想到这里,彭嘉佳双手捂住脸,泪水沾湿了掌心。

第二天中午,欧阳宇风尘仆仆回到家中。经过餐厅时,

第六章 交　锋

他一惊，餐桌上，一束香槟色玫瑰花诡异地站在黑陶花瓶里。餐桌边的墙角竖着黑色礼盒，礼盒用褐色丝带胡乱捆绑着，显出弃物的落魄样。

彭嘉佳不知从哪里冒了出来，她蔼然道："回来了？"

欧阳宇又是一惊，他潦草地应着，进了洗手间。关上洗手间的门，欧阳宇立即掏出手机查看鲜花订单。这一看，他出了一身冷汗。

整个下午，欧阳宇没有对彭嘉佳说过一句话，他刻意回避着她。彭嘉佳看上去与素日并无二致，但举止间透着难以言说的异样。

到了晚饭时间，彭嘉佳将菜端上桌，摆放好碗筷，又斟了两杯葡萄酒。她将花瓶挪到近旁，用手指抚弄着花瓣，幽幽地说："这花挺有意思，乍一看特别普通，看久了倒有几分温婉。"

她并不看丈夫，顾自往下说："你的品位好像变了。记得以前，你是喜欢艳丽的玫瑰的。"

说罢，彭嘉佳对着缄默的丈夫举起酒杯："谢谢你送的花！不过，我的生日在八月，你送得太早了点。"彭嘉佳抿一口酒，优雅地舔舔唇。

欧阳宇并不理会妻子，只管低头吃菜。他三下五除二填饱肚子，抽出纸巾抹抹嘴擦擦手，起身去了书房。离开餐桌前,他还不忘对妻子说一句:"我吃完了,您慢用。"连他自己也奇怪,怎么客套话都冒出来了,像是在别人家做客,又像是在饭局上对食客们说话。

书房传出机关枪的扫射声,欧阳宇已经拼杀在虚拟世界。记不起上一次打游戏是多久以前的事了,他试了数个密码才登录成功。以往,只在百无聊赖时,他才会到游戏中消磨时间。

欧阳宇在摸索中寻回记忆,所向披靡的感觉再度降临,他挥剑舞刀,试图在枪林弹雨中杀出一条血路。游戏告终时,他的思路异常清晰。

他咂摸出今天彭嘉佳身上那股难以言说的异样来。她往沙发上坐,她举杯,她夹菜,她走路,每一个细小的动作都被她放大了。似乎有一套标准在衡量她的一举一动,她要自己的每个细节都符合那套标准。那标准就是 —— 你欧阳宇出的纰漏,我彭嘉佳晓得了,但是我不生气。

以彭嘉佳的脾性,怎么可能不生气?那就只有一种可能,她放出和平的烟幕弹,只为掩盖暗中的反击。欧阳宇想到了林姗姗。

星期一午休时分,欧阳宇拨通了林姗姗的手机号码,电话铃才响了两声,就被林姗姗挂断。直到第三次重拨,林姗姗才接起电话。

"怎么了?"欧阳宇关切地问。

"能别再打电话给我了吗?"林姗姗压低声音从办公区往外走,到处都是避不开的同事。绕着绕着,她已经出了公司,来到近旁无人的小巷。

"非要搞得我身败名裂吗?"林姗姗愤然质问。

"发生什么了?"欧阳宇警觉起来。

"发生什么你不知道吗?"

"我真不知道!"

林姗姗有一肚子话想说,却鼻子一酸,哽咽了。电话那头静寂无声,过了好一会儿,欧阳宇的声音才重又传过来:"起码你得让我知道究竟怎么了。"

林姗姗便把如何在剧院遇见彭嘉佳,以及生日如何收到花束的事告诉了欧阳宇。

欧阳宇脸色铁青。

第七章

爆 发

1

欧阳宇专程去奢侈品专柜挑了一条钻石项链。晚上，他将首饰盒放到彭嘉佳手掌心的时候，彭嘉佳疑惑不解："今天是什么日子？"

"这叫作'小确幸'，不论什么日子都可以有。"

"这又是从哪儿学来的花招？"话虽这么说，可哪有女人不喜欢珠宝的？且不管欧阳宇葫芦里卖的什么药，彭嘉佳先将项链展开挂到了脖颈上。项圈由无数颗碎钻镶嵌出蕾丝花边的造型，吊坠处，硕大的方钻上，玲珑的切割面反射着熠熠光彩。欣赏着镜中的自己，彭嘉佳颇为满意，然而说出来的话却是："这么多碎钻，不值钱的。"

话音刚落，彭嘉佳的手指停在了锁骨上，突如其来的礼物令她很容易就想到一句话：无事献殷勤，非奸即盗。一个念头闪入脑海：会不会是给那个女人买的生日礼物？她不要,便给了我?

这么想着,彭嘉佳脸一沉,当即把项链从脖间取下放回了盒子。

"不喜欢吗?"欧阳宇问。

"别人不要的东西,我也不要。"

"这算什么话?我特意去商场为你挑的。"欧阳宇从包装盒里取出发票递到彭嘉佳眼前。

彭嘉佳只瞄了一眼发票,上面的日期和金额已了然于心。她的表情和缓了些,关于项链的疑云却并不因此消散。

深夜,彭嘉佳盯着吊灯上黑黢黢的镂空花纹出神。她翻来覆去地盘点着欧阳宇身上的疑点,由项链,又联想到了碎瓷花瓶。她始终觉得,那只花瓶非同寻常。谁会把摔得粉碎的花瓶一片片粘回去?这根本就是他和林姗姗的关系还魂起死的写照!

彭嘉佳想得脑袋发疼,她坐起身,拧亮台灯。欧阳宇睡容宁静,这让彭嘉佳心态失衡。凭什么造孽的人心安理得,受害者却终日惶惶?她抓住丈夫的肩头拼命摇晃:"醒醒!醒醒!"

"怎么了?"欧阳宇猛然惊醒,他紧张地欠起身环顾四周,一切安好,唯有妻子的脸上怒火燃烧。

"我问你,那只碎瓷花瓶到底有什么故事?"

若是前些时候，欧阳宇一定躺下翻个身继续睡。可眼下，非常时期，欧阳宇完全清醒了，他坐起来，正视着彭嘉佳，逐字逐句地说道："真的没有故事。"

"没有故事？那你为什么费老大劲把它拼起来，还时不时拿在手里看个没完，这又不是稀世珍宝！"

"听我说，一来我喜欢这个花瓶，二来我喜欢做手工，就像学生时代拼搭航模那样，我喜欢。"

听到"学生时代""航模"，彭嘉佳的脸色骤然一变："这么说，你是经常拿着花瓶回忆学生时代？"

"什么?!"欧阳宇啼笑皆非。

"好，我答应你，从明天起，不，从现在起，我不再碰那只花瓶，多看一眼都不会。"欧阳宇耐着性子，好不容易才安抚妻子躺下。

欧阳宇冷落彭嘉佳的时候，彭嘉佳的智商情商全都在线。可当欧阳宇宠爱她的时候，她却糊涂了。原本，她已经将欧阳宇和林姗姗的一招一式拆解得明明白白。欧阳宇出其不意地温柔转身，却宛若一团甜蜜的云雾，将她的视线完全挡住。她宁愿自己是个蠢笨的女人，就此相信丈夫深爱着自己。但她不是，真相越模糊，她越要拼尽全力去探究。佶屈难缠的思路，剪不断，理还乱。

隔日，欧阳宇请彭嘉佳到一家新开的法式餐厅共进晚餐。当欧阳宇挽着盛装的彭嘉佳步入餐厅时,众人向他们投去艳羡的目光,那些目光无一不在说:多么般配的一对儿啊!

欧阳宇表现得十分绅士,对夫人照顾有加。有那么一会儿,彭嘉佳恍若又回到了热恋期。可要不了多久,她就清醒了。

欧阳宇热情地向她推荐菜品,而彭嘉佳的注意力却在丈夫的嘴唇上。欧阳宇的唇型相当迷人,上唇的轮廓如连绵的山峰,唇线落到嘴角处微微上扬。说话时,双唇于翕张间尽显优雅。彭嘉佳曾十分迷恋他的唇。他用这么好看的唇吻过那个女人吗?他们还干过什么?

欧阳宇发觉,自己交付的热情,到了彭嘉佳那里却成了肃杀秋风,乃至刺骨寒风,将她吹得渐渐冷却,直到冻成一座冰山。此时,不可辜负的,唯有美食。欧阳宇默默地用舌尖享受着一场味觉盛宴,彭嘉佳的味蕾是否感受到了诸多美妙,他不得而知。

欧阳宇自忖已经很努力,他甚至用上了"床头吵架床尾和"的传统手段。然而,一场酣畅淋漓的云雨后,彭嘉佳却能立马翻脸不认人。她指出,今天的招式,一定是欧阳宇从别的女人那里学来的。

往日的彭嘉佳,自信又霸气,如今,她竟成了多疑计较

第七章 爆　发

无理取闹的悍妇。惊讶之余，欧阳宇多少有些内疚，自己痴情于林姗姗，已经深深伤害到了妻子。他对彭嘉佳起了怜悯之心，夫妻间的矛盾，常在欧阳宇的拥抱中暂告段落。有时他想，不如就此放过林姗姗，也放过自己，和彭嘉佳闹到这一步，实在不是他希望的。毕竟，他们是夫妻，未来的路还很长。

让欧阳宇恼火的是，他越迁就，彭嘉佳越反复无常，自己已经把姿态放得很低了，作为妻子应该懂得适可而止，而不是没完没了地蹬鼻子上脸。

一段时日过去，彭嘉佳心中的疑点仍悬而未决。她突然想到，欧阳宇这么安分，会不会是因为那个女人最近压根不在本城？念头一起，她便再也坐不住了。

从地图上，彭嘉佳觅得一处绝佳的观察位置。那是一家不起眼的快捷酒店，位于林姗姗公司斜对面。从酒店二楼客房的窗户望出去，林姗姗公司及附近这片街区的动态尽收眼底。

下班时分，天色变得阴沉，一场大雨将至。陆续有人从公司出来，却迟迟未见林姗姗。彭嘉佳隐到窗帘后面，用手指将窗纱挑开一条缝。

就在昨天，她只用一个电话便打探清了林姗姗的近况。这还不够，她要亲眼看一看林姗姗的状态，她不无阴暗地想知道,那把生日花束的杀伤力到底有多大。

今天的林姗姗没有让彭嘉佳等太久,她来到街上,抬头望了望乌云密布的天空,这正好给了彭嘉佳确认她的机会。千鸟格小西装、黑色半身裙,穿在林姗姗身上落落大方,看在彭嘉佳眼里,自然是差评。林姗姗与往昔并无不同,丝毫没有彭嘉佳期待中的落魄样。"哼!"彭嘉佳冷笑一声,悻悻地想,"她过得不好,又怎么会让外人看出来呢?"

伴随着一阵疾风,豆大的雨点密急地砸向行人,刷刷的雨声,彭嘉佳隔着窗户都听得真切。林姗姗将包举过头顶,向近旁的屋檐下飞奔过去。这时,意外的一幕出现了,一顶大黑伞闯入彭嘉佳的视线,两只男人的皮鞋在伞下快速交替着,朝林姗姗冲过去,直到雨伞将她整个人罩住。

彭嘉佳认得,这是欧阳宇公司的广告伞。她掏出手机给大黑伞来了几张特写,随即拨通了丈夫办公室的电话。听筒里传来欧阳宇的声音,彭嘉佳敷衍几句便挂了机。

彭嘉佳将大黑伞的照片发给鲍阿姨,问她是否知道伞下是何人。鲍阿姨猜,伞下是周华。在彭嘉佳的培养下,鲍阿姨的业务日益精进,她早已学会从旁打探、暗中观察。下午,她亲眼见周华拿着公司的广告伞出去了。这会儿,大家都在公司避雨,只有周华不在。近来,周华每天迟到早退,像是在帮老板做什么事。

聪慧如彭嘉佳,脑子一转便全明白了。欧阳宇这是给林姗姗派了个保镖,他这一向的温柔热情只是想摆平自己,从而保护那个女人。唯有这个解释,才能打通所有疑点。坐在快捷酒店的席梦思一角,彭嘉佳的思路异常活跃,一番条分缕析之后,她确信自己判断无误。茅塞顿开的刹那,智谋双全的彭嘉佳又回来了。

2

一则短小的社会新闻出现在本市晚报的微信公众号,这篇新闻稿并不十分抢眼,却在伊悦府的业主群里引发热议,群消息连珠炮似的跳将出来,看得人眼花缭乱。

新闻的标题是《暴露狂魔频繁出入,花季女孩险遭凌辱》。点开新闻,首先跃入视线的是一张手绘地图,上面标示了暴露狂近期的行踪范围。伊悦府就在地图之内,并被鲜红的色块着重标注,意即暴露狂频繁出现的区域。新闻中提及的花季女孩,正是伊悦府的居民。

事情发生在夜幕完全降临之后。女孩外出归来,行经小区西侧的林荫道,隐约瞥见不远处的樟树下站着一个衣衫褴褛的男子。待女孩走近,男子解衣向她暴露下体。女孩惊叫,转身就逃。暴露狂因而变得十分兴奋,他追上女孩将她强行抱住。那条路历来行人稀少,偏巧女孩是声乐系学生,她遇险后产生的爆发力相当惊人,高分贝的呼救引来了远处的行人,暴露狂见势不妙夺路而逃。惊魂未定的女孩在家人的陪伴下去了派出所报警。

顿时,这一带居民人心惶惶。许若年每天清晨护送林姗姗上班,傍晚接她回家。一日,林姗姗要加班,许若年却不得不去近郊开会,很晚才能到家。许若年对妻子千叮咛万嘱咐,不要单独步行外出,一定要开车上班。

晚上,忙完手中的活,已是九点。一起加班的同事陆续离开了公司。林姗姗关上办公室的门准备回家,她见隔壁办公室的灯还亮着,小出纳正在座位上翻看手机。

"怎么还不走?"林姗姗关心地问。

"我在叫出租车。"小出纳回答。

或许是过于敏感了,林姗姗脑际闪过数条可怕的新闻,有近期才刚发生的暴露狂出没事件,还有曾经听说过的女孩打网约车失踪、女白领夜跑遇害等惨案,她对小出纳说:"别打车了,我送你。"

"那多不好意思,我还是自己打车吧。"

"晚上不安全,我送你。"林姗姗坚持。

小出纳的住处离公司不算远,对林姗姗来说却是南辕北

第七章　爆　发

辙。她得先往西北方向开十五分钟,将小出纳送到家,再从那里往东南方向行驶五十多分钟到自己家。

晚上十点半光景,林姗姗回到自家小区的地下车库。白天空荡荡的车库,此时已排了齐刷刷的车阵。四周安静极了,林姗姗只听见自己驾驶着的车子,引擎发出微弱的低鸣声,车轮与地面吱吱呀呀的摩擦声。

将车停妥,熄火,林姗姗抓起拎包推开车门下了车。"嗒、嗒、嗒、嗒",鞋跟敲击地面的声音,在寂静的空间发出回响。

身后响起窸窸窣窣的动静,没等林姗姗回过头去,一双强有力的臂膀已经拦腰箍住了她。随即,一股令人作呕的馊臭味直冲她的鼻腔,男人发出低哑的狞笑,阴森恐怖。林姗姗被突如其来的袭击吓得魂飞魄散。

"救命!"林姗姗歇斯底里地尖叫,嘴立即被男人粗糙的大手死死捂住,复杂难闻的气味逼近咽喉,林姗姗恶心得连连干呕。好不容易推开蒙住她口鼻的脏手,林姗姗大口呼吸着。男人的手却挪到她身上,撕扯她的衣襟,在她身上乱摸,他的下身死死抵住她的臀部。林姗姗双脚离地,正被带往别处。她拼死蹬腿,试图踢走男人,勒紧她的手臂却纹丝未动。她的头脑里只有两个字:"完了!"

绝望之际,斜刺里猛地发出惊心动魄的犬吠声,和由远及近的脚步声。男人慌忙抛下林姗姗,转眼逃出了地下车库。林姗姗踉跄着去捡拎包,却浑身战栗着,双腿一软,倒在地上昏厥过去。

待林姗姗醒来,她辨认出自己躺在医院的病床上。病房门外是许若年的背影,他正和什么人说着话。

"若年!"她虚弱地唤道。

许若年转过身,见妻子醒了,赶紧对身边的人说:"她醒了。"

一个穿着警服的小伙子跟在许若年身后来到了林姗姗床前。

"你怎么样?"许若年俯身观察妻子的脸色。

"还好。"

"这位是派出所的小刘,"许若年向林姗姗介绍,"他有问题要问你,你如实回答就好,能行吗?"许若年仍不放心。

"我可以。"

许若年连忙将床头摇起,把枕头垫到林姗姗的腰后。

小刘问得细致,林姗姗答得详细。记了满满几页后,小刘合上本子起身告辞。

小刘一走,林姗姗的嘴角往下撇了撇,哭了。许若年坐到床沿,抽出纸巾为她擦拭眼泪:"好了好了,我们回家。医生说你只是受了惊吓,不需要住院,回家调养就行。"

许若年搀扶着林姗姗回到家中时,天已蒙蒙亮。林姗姗脱了鞋直接朝卫生间走去。身上仍有残留的恶息,她一分钟都忍不了了,必须彻彻底底洗个澡。温热的水从花洒喷涌而出,纷纷扬扬地落到身上,她感到辣辣地疼。顺着痛源找过去,林姗姗看到小臂有两道抓痕,已结了血痂,膝盖右侧留下一片瘀青,瘀青周围的皮肤被蹭破,渗出的血水凝成了暗红的血珠。

许若年在沙发上和衣躺下,不一会儿就睡着了。林姗姗从浴室出来,望着丈夫熟睡的模样,泪水又涌了上来。她从柜子里取出薄毛毯轻轻盖到丈夫身上,又掀起毯子一角挤到丈夫身边紧紧偎依着他。许若年仍闭着眼,却伸出手来搂住妻子,帮她掖好毯子。两人拥抱着入了梦。

林姗姗请了病假在家休养,许若年忙前忙后将她照料得十分妥帖。其间,同事们捧着鲜花提着营养品来看望她,小出纳也在其中。听说林总监出事,小出纳十分不安,她对林姗姗说:"林总监,都是因为我,要不是那晚你送我,你能早点回家,不至于出事。"

"幸亏是我,换作你,那细胳膊细腿的……"

林姗姗话没说完,一旁的许若年打断了她:"好像你多强壮似的,要不是邻居带着狗从外面回来,后果不堪设想。你们小女生也好,大女生也罢,都要注意安全。"

在座的同事连连称是。

隔了几日,许若年夫妇带上点心,去那位救了林姗姗的邻居家里登门道谢。感受着家人朋友浓浓的爱意，林姗姗恢复得不错。

真相似乎无须揣测，想必是暴露狂趁人不备溜进小区伺机发作，而林姗姗正好撞在了枪口上。就在众人想当然地往暴露狂身上罪加一等时，林姗姗接到了小刘警察打来的电话，说案情有了新的进展，需要她配合调查。

小刘逐段回放监控录像，林姗姗震惊不已。暮色中，一个男人从侧门进了小区。男人头戴深色棒球帽，身着浅颜色的圆领T恤，手上拎着一只登山包，鼓鼓囊囊的。他利索地拐进小区内一间不起眼的公厕，这间公厕离地下车库入口仅十米远。

天色完全黑了下来，从公厕出来一个乞丐模样的人，蓬头垢面，衣衫褴褛。乞丐的装扮与众人对暴露狂的描述十分相似。他一闪身进了地下车库，轻车熟路地沿着墙躲进了杂物间。只消把杂物间的门推开一条缝，林姗姗家的车位便看得清清楚楚。

林姗姗看到自己从车上下来，不疾不徐地朝电梯厅走去。而自己的身后，杂物间的门被推出一个锐角，男人探头探脑地环顾左右。四下无人，他迅速离开杂物间，大步朝自己追去。梦魇般的惊恐再度袭来，视频中的自己分明用尽了力气，却像待宰的羔羊，除了挣扎，别无他法。

第七章 爆　发

"你不舒服吗?"小刘注意到林姗姗脸色惨白双拳紧握,神情十分紧张,便按下了暂停键。

确实,林姗姗心有余悸,她仿佛把那晚的遭遇重又经历了一遍。小刘递过来一瓶矿泉水,林姗姗拧开瓶盖喝了几口水,定定神说:"我们继续吧。"

乞丐仓皇逃出地下车库,进了一旁的公厕。约莫十分钟后,男人从厕所出来。这时,他已换了装束,棒球帽,圆领T恤,手上拎着鼓鼓囊囊的登山包,他疾步朝小区侧门走去。快到门岗时,他放慢脚步,从容地经过保安出了小区。侧门外是黑暗的巷子,直到男子敏捷地打开车门,林姗姗才看清,树荫下停着一辆车,红色尾灯一闪,车在夜色的掩护下扬长而去。

"这是一起有预谋的袭击,他们事先应该经过多次踩点,对这一带的监控分布十分了解,所以他的脸始终没有暴露在镜头中。他故意装扮成暴露狂的样子来转移大家的视线。"小刘向林姗姗解析着案情,说到这里,他顿了顿,问道,"林女士,你好好想想,近期有没有与人结仇?"

见林姗姗不语,小刘启发道:"有可能是工作上的冲突,也有可能是邻里间的矛盾、感情上的纠纷,你仔细想想。"

林姗姗的眉心不自觉地蹙紧了,眼里掠过惊恐。细心的小刘觉察到了林姗姗的异样,忙问:"怎么? 想到了什么?"

林姗姗勉强挤出一丝笑意:"没什么,我能回家再仔细想想吗?"

"可以,有什么线索,请及时跟我联系。"

"好!"

从派出所出来,林姗姗心事重重。她不敢对警察说自己没有仇家。她知道有个女人恨她,恨得咬牙切齿。她领教过那个女人的厉害,自己根本不是她的对手。

林姗姗事后回想起,小男孩将香槟玫瑰放到餐桌上的那个动作,无异于一块惊堂木拍到了桌上。她被那句充满稚气的"是一个叔叔让我送来的"打出了原形,她从许若年眼中看到了疑惑和审视。好在许若年什么也没说,什么也没问。只是,那几日他有点沉闷。

林姗姗去了孙灵飞家。

"肯定是她,除了她还有谁?"孙灵飞将切好的雪梨块丢进榨汁机,银白透亮的梨汁汇成一股清流,从机器汩汩而出。

她将满满两杯梨汁端到茶几上,一杯放到林姗姗面前,一杯留给自己:"来,喝点儿梨汁降降火。"

"她想置我于死地?"

"最毒妇人心。"孙灵飞从抽屉里翻出糖果和蜜饯摆到盘中。

"你我不也是妇人?"

"你是没被逼急,何况,女人与女人也是不同的。"

"可是我和欧阳宇好久没见面了,她怎么……"

"没有无缘无故的恨,你信不信,她肯定又侦察到什么重要情报,受打击了。"

3

孙灵飞一改往日风格,穿着从林姗姗那里借来的黑西装套裙,头发低低地扎成马尾,以素朴的办事员形象出现在欧阳宇公司。在孙灵飞的印象里,欧阳宇的太太神通广大,是个厉害角色。唯恐衣着张扬惊动欧阳宇太太藏在暗中的触角,孙灵飞决定低调行事。

昨天下午,欧阳宇接到孙灵飞的电话。电话里,孙灵飞只说有要事与他面谈。约定好见面时间,她匆匆挂机。当时,欧阳宇就有一种不祥的预感。现在,他看到孙灵飞站在办公室门口,脸上没有一丝笑意,这种预感更强烈了。

两人并不熟稔,见面却相当亲切。短暂的寒暄后,欧阳宇迫不及待地将谈话引入正题:"你来找我应该有重要的事情吧?"

孙灵飞遂压低声音,将林姗姗遭遇袭击一事原原本本地说给欧阳宇听。孙灵飞不敢贸然提出对欧阳宇太太的怀疑，但欧阳宇心里明镜似的。

"她现在怎样了？"欧阳宇急切地问。

"她在家调养，要过一阵子才能去上班。"

来之前，孙灵飞想过，她要劝欧阳宇别再打扰林姗姗，爱她就放过她。可是眼前的欧阳宇，脸上阴云密布，话到嘴边她又咽了回去。

送走孙灵飞，欧阳宇在办公室来回踱步。是他派周华护送林姗姗上下班的，直到有一天，周华转发给他一篇关于暴露狂的新闻，并告诉他，最近林姗姗由她的丈夫护送。不知道哪个环节出了问题，竟被彭嘉佳钻了空子，真想给她一记耳光！这个女人太可怕，冷落她，她去对付林姗姗，对她好，她居然变本加厉。她知道，让林姗姗痛苦能戳他的心。欧阳宇竟不知该如何对待他的枕边人了。

隔日，孙灵飞收到一个特大号纸箱，打开一看，她"扑哧"笑了，箱子里全是滋补品，人参海参燕窝，虫草灵芝维生素，寄件人是欧阳宇。后来，她对林姗姗说："欧阳宇这是把您当老人家孝敬了！"滋补品分成两份，一份给孙灵飞以示谢意，另一份请她转交林姗姗。孙灵飞哪好意思收欧阳宇的礼，她把包裹里的物品，分批分次全都交给了林姗姗。

一连数日，欧阳宇沉默得可怕，彭嘉佳嗅到了浓浓的火药味。她收敛锋芒,表现得相当贤淑。可她的忍气吞声并不能换回丈夫的热情。这些天,他没正眼瞧过她,连睡觉都挨着床的边沿,仿佛她患了瘟疫。彭嘉佳忍耐着,她想,这样的局面总能熬过去,他不会一直这样。

整整一个月,家里死气沉沉,这对夫妇间从未有过如此冗长的冷战。彭嘉佳在隐忍中郁郁寡欢,她又怎会甘心呢?

吃过晚饭,彭嘉佳叮嘱保姆下班前做两份水果拼盘。趁着欧阳宇坐在沙发上看报纸的工夫,彭嘉佳将其中一份水果拼盘端到丈夫面前,她用陶瓷柄水果叉挑起一块杧果肉,递给欧阳宇。欧阳宇丝毫没有接的意思,彭嘉佳只得将果肉放回到盘子的边沿。她坐到丈夫身边,伸出手去搭他的膝盖,他的腿却本能地往右一躲。欧阳宇的动作幅度并不大,彭嘉佳却立即读懂了他的肢体语言——他厌恶自己。

万般委屈涌上彭嘉佳心头,眼看就要喷薄而出,又被她生生地压了下去。她知道,她的怨怒一旦爆发,场面将难以收拾。然而,复杂的心绪终究难以消化,它们蒸腾成泪水,决堤而下。

"我们怎么会变成这样?!"彭嘉佳放声大哭。

"你怎么会变成这样?"欧阳宇冷冷道。

"到底是我变了还是你变了?"彭嘉佳声嘶力竭。

"你,太恶毒!"欧阳宇将报纸折起,往扶手上一拍,一字一顿地说道。

哭声刹住了,有那么几秒钟,屋子里静得出奇。尔后,彭嘉佳又回到哭泣中无法自控。好不容易,她争取到了平静的间隙:"你最爱的人从来都是她,对吗?"

欧阳宇警觉地扫一眼彭嘉佳,不语。

彭嘉佳觉得自己占了上风,她要抓住这个机会狠狠发挥。她高声朗诵道:"她从来不曾多看我一眼,我却对她情有独钟。"一阵夸张的狂笑后,她继续念:"想到她其实喜欢着别人,我的心是苦涩的。"

欧阳宇难以置信,彭嘉佳竟有这么疯魔的一面。他愤然质问:"你看我日记?!"

"对,我撬锁了,看你日记了,从头到尾一字不落都看了!"彭嘉佳的面孔被痛苦和得意拉扯得走了样,"我就想知道,你究竟中了什么邪!我看你害了相思病,天天魂不守舍,我得给你治病!"

说到这里,彭嘉佳想起了什么,她的目光朝客厅的展示柜投掷过去,那里原本摆放着欧阳宇心爱的碎瓷花瓶,现在花瓶竟然不翼而飞。

"花瓶呢?"彭嘉佳快步走到展示柜前,拉开下方储物柜的门,在里面迅速翻找。愤怒交织着迫切,她的动作伴随着神经质的颤抖。

第七章　爆　发

"好啊！藏得可真好！"彭嘉佳从柜子深处捧出一个裹满牛皮纸的物件，她用力撕扯着包装，"又是牛皮纸，又是里三层外三层！"

花瓶被剥了个精光，在灯下反射着无辜的光泽。欧阳宇大声辩解："不是你不让我看它的吗？我看它，你不高兴，我把它包起来放到柜子里，你还是不高兴，你到底要我怎样？"

"我哪敢要你怎样？我只要它——去死！"说时迟那时快，花瓶被彭嘉佳狠狠地摔到地上，一记沉重的爆裂声后，四散纷飞的碎瓷片相互撞击着各自哀怨着，最后归于沉寂。

"你疯了？！"欧阳宇勃然大怒。

彭嘉佳没有作声，毁灭一只布满裂痕的花瓶用尽了她所有力气，她陷入沙发，无力地瘫软下去。

欧阳宇怒不可遏，他豁地站起身，抓起手机和车钥匙，一甩门，走了。彭嘉佳闷声闷气的号啕声从厚重的防盗门后面传出来。

欧阳宇驾着车，漫无目的地行驶在盘互交错的城市高架，脑际更迭交替着纷乱的画面——疯狂的彭嘉佳，轻佻的沈丽娜，狰狞的暴露狂，挣扎的林姗姗……事态完全超出他的掌控，他万万没料到，彭嘉佳的手段竟如此毒辣。

虽然警方尚未掌握证据，可指使人袭击林姗姗，这事，除了她还有谁干得出来？如果说之前，他因为心里系念着别人，内心对妻子有几分愧疚。现在,愧疚感荡然无存。

一个刹车结束了城市漫游,欧阳宇的车停在了伊悦府斜对面的街角。此刻,他最想见的人是林姗姗。正值夜晚的黄金时段,无数个指甲盖大小的窗口透出深浅不一的光亮,暖橘的,冰蓝的,密集得如同满天繁星。

望着万家灯火,欧阳宇更觉自己形单影只。哪个窗口是属于林姗姗的,他不得而知。

他摸出手机,打了几个字给孙灵飞:"她好吗?"

"她很好。"孙灵飞回复。

欧阳宇想起旋转餐厅见到过的那个男人,他相信,她是被悉心呵护着的。

手机又跳出一条信息,仍是孙灵飞发过来的:"放下执念吧。"

执念?一张旧相片再次从心底浮起,风中的蔷薇,清秀的女孩,泛着波光的湖面,他又闻到了似有若无的花香。这是一张从未洗印的相片,却比相册里任何一张照片都令欧阳宇难以割舍。

"你呀,执念太重!"这是欧阳宇的母亲常对他说的一句话。学生时代的欧阳宇,不允许自己放过一道难题。题越难,他越要解。没有解出的题,都被记在小本子上,一有空他就翻开来琢磨。母亲劝他去请教老师和同学,欧阳宇宁愿独

第七章 爆 发

自苦思冥想。母亲便说:"你呀,执念太重!"这么说的时候,母亲既心疼,又骄傲。

母亲有所不知,儿子喜欢绞尽脑汁的感觉。每解出一道题,欧阳宇就用红笔打一个钩。那不仅是填补了学习漏洞,更是在通往完美的道路上清理了又一个障碍,内心由此产生极大的满足感。

童年时的欧阳宇十分羡慕邻居家的大哥哥,大哥哥不仅个子高,还是体育健将,最擅长短跑。小欧阳亲眼看见大哥哥箭一般"嗖"地从起点蹿出,疾风般远去。最迷人的是他昂首挺胸冲破终点线的那一刻,红色缎带贴着他的前胸舞出优美的弧线。

小欧阳看得入迷,他对大哥哥说:"我要成为像你这样的人。"

大哥哥摸摸小欧阳的脑袋:"那你要加油哦!"

从此,每天放学后,小欧阳就去附近的操场练跑步,学员是他,教练也是他。他学着大哥哥的样子蹲下,左腿在前,右腿在后,两手撑地,抬臀,跑!

小欧阳在练习中摔了个大马趴,碎沙石划破双膝,鲜血直流。母亲给他清理伤口,抹上红药水,他疼得龇牙咧嘴。母亲想当然地以为儿子会消停几天,谁知第二天,他忍着痛又跑开了。起先,父母都以为他只是闹着玩。这时,他们才明白,练习跑步,儿子是认真的。

隔了几日,小欧阳又摔一跤,旧伤未愈再添新伤,双膝血肉模糊。母亲为儿子上着药水责怪道:"你呀,执念太重!"

"听话,休息几天,等伤全好了再跑。"母亲又说。

小欧阳不语。次日放学,他照例去了操场。

后来,大哥哥被选拔到省田径队。虽然未能成为像大哥哥那样的人,但是日后,无论到哪里上学,欧阳宇都是班上跑得最快的。直到现在,他仍保留着晨跑的习惯。

回想往事,欧阳宇在心里对母亲说:若无执念,我凭什么优秀?若无执念,你怎会以我为傲?至于林姗姗,欧阳宇扪心自问:难道仅仅是执念作祟?

夜,越来越静,窗口的灯光,有的灭了,有的暗淡了,星辰已寥落。欧阳宇发动汽车,向夜的更深处驶去。执着又如何?无望,从来都是无望的。想到这里,欧阳宇一声叹息。

推开家门,楼下漆黑一片。欧阳宇往楼上走去。彭嘉佳已在卧室躺下,床头的台灯发出微弱的光。欧阳宇洗完澡换上睡衣,从妻子身边抱走枕头和薄毯,有史以来第一次睡在了沙发上。次日一早,他叮嘱保姆,将客房打扫干净后,把他的常用物品搬进去。从此,他便和彭嘉佳分居了。

事态的发展并不完全符合彭嘉佳的预期,但至少她想要的威慑力,她得到了。这一次,欧阳宇真的中断了与林姗姗的联系。

第七章 爆　发

在林姗姗的世界里，欧阳宇蒸发了。唯有他的头像，静静地占据着通讯录的某个角落，证明他曾经在她的生命中出现过，他们一度热络。她知道，他与她仍同在一个城市，他依然早出晚归，勤奋工作。每日下班回到妻子身边，那是他命定的归宿。各自安好，是他们原本该有的模式。有时，林姗姗的想法很超脱。

而更多时候，她无法控制纷乱的思绪，欧阳宇不分白天黑夜地占据着她的头脑。她以为，只要守住最后的防线，他们之间就没有真正开始。她是从心脏的抽搐中知道自己错了，于她而言，他们的故事从她在电梯里失态的那一刻就已经开始了。此后，哪怕她逃避，哪怕她纠结，无一不是在为这段感情付出。这是怎样的情感，会在疑惧躲闪中与日俱增？终究是一场不伦之恋，来时迅猛，令她避闪不及，去时干脆，转眼烟消云散。

休养在家，林姗姗有的是时间思前想后。她认同了孙灵飞的猜测，除了彭嘉佳，再无其他人会恨自己入骨。从欧阳宇送来的礼品中，林姗姗读出了深深的歉意。她相信，他也已经猜到了谁是幕后主使。

地下车库遭袭后，林姗姗一度噩梦连连。她深刻体会到什么叫作"哑巴吃黄连，有苦说不出"。她总是想象自己被一群看客包围，他们对她指指点点，说她活该，说她自作自受。

回想和欧阳宇之间的点点滴滴,林姗姗实在不敢说自己是清白的。清白的女人怎么会和别人的丈夫幽会,拥抱,甚至接吻?即便如此,她也难以同情欧阳宇的太太,如果可以,她要反击,比如向警方提供线索,将她送入牢狱,再比如主动靠近欧阳宇,将他对妻子的背叛进行到底。

林姗姗深知,这一切都只能完成于想象之中。倘若付诸行动,只会让自己跌入万劫不复的深渊。小刘警察后来又找过她,她只说什么线索也没有回忆起来。她在心底希望,此案就这样不了了之。

唯有一点是可以确定的,这一次,依然是许若年拯救了她,是许若年的爱,将她从阴影中解救出来。

第八章

出　走

1

欧阳宇家的冷战仍在继续。

那日,从桌上放着的邀请函,彭嘉佳得知,丈夫将要出席重要的商务活动。欧阳宇准备出门时,彭嘉佳发现他身上的衣服带着褶皱,皮鞋蒙了一层灰。她冷着脸喊住了他,唤来保姆给他擦皮鞋,自己则抓紧时间为他熨烫衣服。在要面子这一点上,夫妇二人的立场始终是一致的。家里闹得再凶,不能让外人看出半点苗头。

除了要面子,彭嘉佳还于心不忍,她不忍看丈夫活得像个单身汉。保姆也是女人,欧阳宇和彭嘉佳之间的事,她是明白的。或许是替彭嘉佳抱不平,他们分居后,她就有意无意地忽略了欧阳宇。在彭嘉佳的敦促下,她不得不重又着意起男主人的生活起居。

欧阳宇享受着妻子的关爱,却仍拒她于千里之外。这种相安无事的疏远,有着持久的稳定性。不知不觉,半年过去了。

周末的中午,欧阳宇醒来时,挂钟上的短针指着12。前一晚,他在游戏中厮杀到深夜,躺下已是凌晨。欧阳宇起了些变化,他变得懒散,说不出哪里不得劲,时常很晚才起床,晨跑已是三天打鱼两天晒网。下班后,他常约上三五好友去喝酒。有时,他什么也不干,呆坐在沙发上看电视,看着看着竟然睡着了,这在他是从未有过的事。

走出卧室,从楼上往下看的时候,欧阳宇觉出今天的家有一丝异样,好似空落落的,少了些什么。远远地,他望见餐桌上的茶杯下压了张纸条。他缓步下楼,来到餐桌前,看清光洁的白纸上只有三个大字——我走了。没有称谓,没有署名,没有任何解释。毫无疑问,这是彭嘉佳的笔迹。

欧阳宇反身快步上楼跨进妻子卧室,拉开柜门,衣柜是空的,只寥寥地挂着两件过时的上装。她带走了两个大号拉杆箱,化妆台上空无一物,衣帽架光秃秃地杵在墙角,一根旧皮带颓丧地从架子上垂下来,死蛇一般。

半年来,欧阳宇第一次拨打彭嘉佳的手机号码,他听到的是冰冷的语音提示:"您所拨打的电话已关机。"

打开冰箱,欧阳宇愣住了,冷藏柜每一格都塞满了食物,牛奶、鸡蛋、蔬菜、水果,可谓储备充足。冷冻柜拥挤不堪,仔

第八章 出 走

细分辨才看清，里面层层叠叠码了禽肉海鲜等荤食。保鲜格的最左边放着一个加盖的方形玻璃碗，里面是彭嘉佳亲手做的鸡蛋火腿三明治。这是彭嘉佳留给欧阳宇的早餐专位，在他们不说话的日子里，她每天将属于他的那份早餐放在这个位置。

欧阳宇将三明治和牛奶分别放入微波炉，耐心地等待着微波炉发出"叮"的声响。很奇怪，自己竟然不悲不喜，不急不恼。

他在餐桌前坐下，对着温热的三明治一口咬下去，鸡蛋、培根、生菜、吐司和色拉酱混合成熟悉的味道裹住他的味蕾，所有与此相关的画面这才后知后觉地扑面而来——她对他回眸一笑，她问他喜欢什么牌子的培根，他夸赞三明治好吃时她满足的笑容……喉咙哽住了，他猛喝几口牛奶，囫囵咽下。

受欧阳宇之托，周华借故去彭嘉佳的公司，向彭嘉佳的助理请教了不少工作上的"难题"。待他从公司出来，欧阳宇想要探听的事，他已悉数掌握。彭嘉佳自称去海边度假，公司的运作由她远程操控，助理协助日常管理。至于去了哪个城市，去多久，助理只说不清楚。

欧阳宇躺在办公室的三人沙发上，双手交叉着枕在后脑勺，腿一直伸到扶手上，两眼瞪着空无一物的天花板出神。

他竟有这一天，连老婆去了哪里都不知道。他记得，彭嘉佳大学期间关系最好的同学是方晓喻。毕业后，方晓喻渐渐淡出大家的视线，欧阳宇只隐约听说她定居在沿海城市，事业发展得红红火火。应该可以通过老同学找到方晓喻，可是如果彭嘉佳没有去她那儿呢？

周华问他，要不要托公安局的朋友查一查彭总的去向。欧阳宇说暂时不要。不到万不得已，他不会走这一步，毕竟太丢人。他想，或许这只是女人想让丈夫低头的常用招数，只要他按兵不动，她迟早会回来。

日子一天天悄然滑过，冰箱里的食物一点点少下去，欧阳宇按捺住焦躁的心绪等待着。他时不时打开手机查看未读信息。未读信息不少，却没有一条是来自彭嘉佳的。他又拨打过几次她的手机号码，均被告知"您所拨打的电话已关机"。

在日复一日的等待中，欧阳宇越来越清晰地认识到，彭嘉佳并非一时赌气，出离是蓄谋已久的，不到心灰意冷，她不会迈出这一步。这时，欧阳宇才反躬自省，自己究竟对彭嘉佳做了些什么？

长久以来，在他心中，他和林姗姗组成了与世隔绝的二人世界。当他沉浸其中，他首先忽略的便是妻子彭嘉佳。这自然是自己的失误。可他难以原谅彭嘉佳伤害林姗姗，更无法接受的是她伤害林姗姗的方式——那是全然陌生的彭嘉佳,一个他无法面对甚至倍感厌恶的女人。

他知道彭嘉佳很爱他,即使形同陌路,她依然做不到对他不闻不问。正是她的体贴,令他的心温软起来。他顺其自然地等待着自己能够重新接受妻子的那一天。谁知,她竟选择了不辞而别。听周华说,彭总每天都给助理发电子邮件。她应该一切安好。

冬天的夜来得很早,傍晚时分,窗外已然一派夜景。欧阳宇独坐阳台,明净的无框玻璃窗把漆黑的天幕裱成了一幅画,黑暗穿透玻璃将欧阳宇团团包围。他拧开一盏壁灯,昏黄的灯光将他斜长的身影投在地面上,显出几分落寞。暖气弥漫到室内的各个角落,却无法驱散空气中无处不在的冷清。

一个陌生来电打破了沉寂,手机听筒里传出略显厚重的女声:"欧阳宇,你混蛋,你对彭嘉佳都做了些什么?"

终于来了,欧阳宇清了清嗓子,似要抖落声带上的积灰:"请问你是?"

"方晓喻。"

"老同学,好久不见!"

"别他妈跟我装腔作势,老婆离家出走这么多天,你居然不去找她?!"

在欧阳宇的印象中，方同学是温文尔雅的，如今她直接又粗暴的开场白，令他不知如何应对。他张了张嘴，正想辩解，对方又劈头盖脸地一顿痛斥。欧阳宇明白了，在这段通话中，他只能扮演一个一无是处的负心汉，而方同学的任务是站在道德制高点对他进行批判。

从方晓喻义愤填膺的措辞中，欧阳宇努力搜寻着与彭嘉佳有关的信息。果然，她寄宿在闺蜜家，向闺蜜诉说不幸，得到闺蜜的安抚和关照。这符合欧阳宇的设想。

仍是方晓喻气愤的声音："难道你没看出来，她得了抑郁症！但凡你上点心都不难发现，她得了抑郁症！我在机场见到她的时候，她脸色难看得像刚从坟墓里爬出来。她整宿整宿失眠，我都不敢相信，这是我们引以为荣的彭嘉佳。"说着说着，方晓喻高亢激昂的语调急转直下，变为低声哽咽。

"我能去看她吗？"欧阳宇急忙问。他没料到，彭嘉佳会得抑郁症。

"她不想见你。"方晓喻断然拒绝。

"……我能做点儿什么？"

"等我消息。"

话音未落，电话就切断了。在方同学眼里，他分明是个不配以礼相待的渣男。欧阳宇无奈地挂断电话，把方晓喻的电话号码存入了通讯录。

2

迎着冬日暖阳,彭嘉佳坐在阳台,望着楼下洁净的庭院发呆。方晓喻的家地处闹中取静的黄金地段,是一栋两层楼别墅。宽敞方正的庭院中间,一条鹅卵石铺就的小路向深处蜿蜒而去,巧妙地将院子盘成了花园。花园被方晓喻的父母打理得生机盎然。

方晓喻在职场打拼多年,事业方面收获颇丰。或许是把太多精力用于工作,人到中年她仍孑然一身。她干脆将父母亲从老家接出来,一家人居住在这栋雅致的别墅里,相互照应。

大学时期,彭嘉佳常去方家玩,与方晓喻的父母相熟。寄居在此,她倒也不觉生分。彭嘉佳的处境,方晓喻一家都知晓,他们识趣地给这位远方来客留出了足够的空间。

除了通过互联网处理公司的事务外,剩余时间,彭嘉佳几乎都用来疗伤。她长久地发呆,思绪深陷情感的泥淖不能自拔。她何尝不懂,一切都始于欧阳宇,把矛头对准林姗姗非明智之举。但她的敌人只能是林姗姗,她不可能去对付此生早已认定的终身伴侣。

她派沈丽娜去威胁林姗姗,效果好得令人生疑。果不其然,一天下午,她接到了沈丽娜的电话。

和沈丽娜的会面是在车上进行的。沈丽娜诚惶诚恐地道歉,说她实在是迫不得已才将事情的经过说了出来,那天晚上三个彪形大汉架住她,她吓坏了。她拿出一个被钞票撑得满满当当的信封,表示要将酬金如数退还。

那一幕,彭嘉佳记忆犹新,当时自己把信封一推,说:"算你讲义气,钱你都拿着。这事到此为止,不要再对任何人提起。"

沈丽娜连声道谢。

原来,丈夫和那个女人不但继续见面,还如同一对患难夫妻商量着对策。丈夫循规蹈矩的表象下,是他和那个女人更积极的行动。

为了和那个女人幽会,欧阳宇真是煞费苦心。在剧院隔着大老远看上半出戏也是好的,暗戳戳地眉来眼去一阵子也是好的。他对她,到底有多爱?这难道仅仅是爱?恐怕已经魔怔了吧。

唯有彭嘉佳自己知道,在林姗姗面前,她无论怎样傲慢,都是色厉内荏。尽管欧阳宇矢口否认,她还是认定,花瓶是林姗姗的缩影。那就地一掷,集聚了她所有愤恨。花瓶粉身碎骨的刹那,彭嘉佳感到空前无力。她所能做的,也无非如此了。

她以为,把林姗姗的生日玫瑰错送到她办公室,欧阳宇多少会做出些弥补。譬如,为他的失误勉强圆个谎,或放低姿态对她温柔以待。可是,什么都没有。她分明感受到,在

第八章 出 走

欧阳宇身上,除了事情败露的尴尬外,还多了一种可怕的情绪。就在那天,同处一室的两个人之间产生了强烈的疏离感。这种生疏的信号,从欧阳宇身上如强电波一般发射出来,瞬间将自己推出很远很远。

之后,他这边向自己大献殷勤,那边不惜派周华去做保镖,凡此种种,都是为了保护那个女人。

"那我算什么呢?"一想到这里,彭嘉佳心寒至极。

"莫非我是恶魔?"彭嘉佳自问。

是,雇人威胁林姗姗,唆使一个孩子去离间她的家庭关系,指使人侵犯她,这些听起来十恶不赦。难道一个人受到了伤害,连反击都不可以吗?自己忍辱负重善待丈夫,所得的回报不是视而不见,就是冷若冰霜。风雨同舟了二十多年的亲密爱人,决绝地抱走枕头和毯子,没有丝毫留恋。岂止没有留恋,简直是唯恐避她不及。他有多久没拿正眼瞧过她了,又有多久没有触碰过她的身体了?哪怕只是轻揽一下她的肩。

早晨,她出门上班去,他卧室的门还紧闭着。深夜,他沉迷于网络游戏。多少个夜晚,她在电子合成的枪炮声中辗转难眠。同在一个屋檐下,有时一整个星期都见不到他。

"我的面目如此可憎吗?我竟天真到以为以德报怨会换回丈夫的心,到头来却是一番心血付诸东流,痛苦的人只有我一个。"彭嘉佳不无自嘲地想。

一阵轻快的脚步声由远及近,方晓喻端着茶具朝阳台走来:"听说用薰衣草和洋甘菊泡茶,有安神助眠的功效,我泡了一壶,加了蜂蜜,你多喝点儿。"

"谢谢你,晓喻,这段时间多亏了你的照顾。"

"快别跟我客气。看你,都瘦成什么样子了!"方晓喻把茶壶安置到透明的小茶炉上继续说道,"晚饭后泡个脚,今晚争取睡个好觉。"

方晓喻的热心,令彭嘉佳深受感动。

"我昨天给欧阳宇打电话了,把他骂了一顿。"方晓喻又道。

"他怎么说?"

"他能说什么?自知理亏呗。我故意说你得了抑郁症,他想来看你,被我拒绝了。"

"你说,这样一来,会不会正好成全了他们?"彭嘉佳抿一口花茶,若有所思。

方晓喻并不直接回答,她把目光投向远方,深长地叹了口气:"有些事态的走向,我们无法左右,不如就交给老天爷吧。所以,我更喜欢工作。至少,在工作中,付出多半有回报。而感情,懈怠了会失去,努力了却未必能如愿。"

这番话令彭嘉佳意外,却也合乎情理,她窥见了曾在情海苦苦挣扎的晓喻,一如现在的自己。注视着喟然长叹的好

第八章 出 走

友,彭嘉佳默然。

"爸妈回来了,我下去招呼他们。"方晓喻放好杯子,匆匆下楼去。

门外小路上,方晓喻的父母并肩走来。这对老夫老妻都已满头银发,他们穿着款式相同的素色棉夹克和夹棉运动裤,脚上是同款黑白相间的休闲鞋,两人迈着节奏一致的步伐上了前庭的台阶。

在彭嘉佳的印象中,方晓喻的父母历来恩爱。很多年前,在方晓喻家,她见过他们对话的样子。方晓喻的母亲是个清丽的女子,她与丈夫说话时,眼里会流露别样的神采。方晓喻的父亲虽然个子不高,但身姿挺拔,非常精神。他低头聆听妻子细语时,表情专注。说不清为什么,在少女彭嘉佳眼里,那样说话和那样倾听,才是爱人间该有的模样。

她见过不少同学的父母,他们有的当着孩子的面打情骂俏,有的隔着老远大声喊话,还有的干脆不说话。唯有方晓喻父母的相处方式让旁人看着最舒服。这也是她喜欢找方晓喻玩的原因之一。

现在,这对老人每日一同做饭,一同打扫庭院,一同外出采购。他们话不多,通常各自做事,默契中一切不言自明。还有比这更幸福的暮年吗?可惜幸福都是别人的。彭嘉佳暗自神伤。

方晓喻的父母喜欢穿情侣装,无论是家居服,还是外出穿的正装。记得年轻时,他们并没有这样的习惯。是不是夫妻越恩爱,就越喜欢穿情侣装?有一回,彭嘉佳好奇地问二老。

方晓喻的母亲笑着说:"方便。年轻时,我爱美,衣服要挑颜色挑款式,不像男人,一年到头穿藏青色中山装也不厌烦。现在老了,只想穿得干净舒服。两人出去买衣服,同一款衣服拿两套不同尺寸的就行了,省事儿,看着还特别协调。"

答案出乎彭嘉佳意料。要说方便,肯定是各行其是更方便,不是每款服饰都男女通用。享受装扮彼此的过程,并乐在其中,恐怕这才是真正的缘由吧。

想到这里,彭嘉佳的世界被一片乌云挡住了。她想起,那也是一对夫妻,他们一律蓝白配,云淡风轻地走入她的视线,毫不顾忌她锥心刺骨的痛。那个女人被爱包围着,欣然享受着应得的和不应得的爱。难道她不知道,有一份爱,因为追随了她,而让另一个女人的世界贫瘠荒芜。每每想到这里,彭嘉佳就嫉妒得要发疯。

3

林姗姗正在办公室核算报表,手机发出提示音,她扫了

第八章 出 走

一眼靠着文件架立在桌上的手机,意外看到欧阳宇发来信息:"看窗外。"她三步并作两步来到窗前,果然,街对面的人行道上站着欧阳宇。久未谋面,再次见到他,林姗姗的心跳得咚咚作响。欧阳宇也看见她了。两人遥相对望,纵使隔着一条街,林姗姗还是嗅到了欧阳宇身上散发出来的颓废气息。

午间,临街咖啡馆内。

林姗姗在欧阳宇对面坐下。她并不想鬼鬼祟祟,但还是忍不住环视四周。店里只三三两两坐着几对小情侣,他们依偎低语,无暇旁顾。林姗姗这才把脸转向欧阳宇。近距离看他,她吃了一惊,欧阳宇变了样,头发和胡茬恣意生长,卷发宛如藤蔓攀爬至前额,消瘦和憔悴使得他的眼睛大得异常空洞。

服务生走过来,递给他们一人一份菜单。林姗姗低头翻看菜单,时不时抬眼偷看欧阳宇。一份菜单,他竟看得格外深沉。

待服务生收走菜单,欧阳宇用低沉的语调问候道:"你好吗?"

"我挺好。你呢?"

欧阳宇耸耸肩,给了林姗姗一个苦笑。

"对不起,"长长的沉默后,欧阳宇说,"我……"

"警察说这是一起有预谋的袭击,他们事先有充足的准备,所以没留下有力证据。警方希望我提供一些线索帮助他们破案,我,什么也没说。"林姗姗自认为十分明白欧阳宇的道歉和欲言又止,为了不让他难堪,她抢先回答了他的疑虑。

"我,我不是这个意思,我知道你不会……"欧阳宇试图解释。他其实想说对林姗姗造成的困扰都源于他的错,却发现一启齿全是误会。他放弃挣扎,郑重地道了声:"谢谢!"

服务生将酒水和餐点摆上桌,两人静静地用餐。咖啡馆里没有可口的饭菜,多的是重口味的甜点和简餐,在他们吃来却味同嚼蜡。两人索性放下餐具,一味地喝起加了柠檬片的纯净水。

"你,不好吗?"

"她不辞而别。"

"吵架了?"

"岂止吵架,她离家出走了。"

"……"

"她看了我学生时代的日记,日记里都是你。联系最近发生的事,她受了很大刺激。"

林姗姗到现在才完全明白欧阳宇的处境,难怪他颓丧得不像样。她想说几句安慰的话语,却找不到合适的说辞。这一刻,她对彭嘉佳起了怜悯之心。她想起了自己的陈年旧伤,这种痛,她深切体会过。她可以捂着血流不止的伤口从沈书遥的战场一逃了之,彭嘉佳呢? 婚姻里的中年女人,放下过往谈何容易! 消除隔阂,可能是这对夫妇余生的重要课题。

"其实,女人的心都很软,你跟她说说好话,她会回心转意的,或许她正等着你去找她。"林姗姗觉得自己不那么恨彭嘉佳了。

"她不想见我,我也正好静静。"

"冷静一段时间也好,但是你一定要振作,我看你瘦了许多。"

欧阳宇点点头,两人一时无语。

欧阳宇扫一眼手表说:"你该去上班了,我在这里看着你走。"

林姗姗起身往外走,迈过门槛的时候,她回转身去看欧阳宇。果然,他正望着她,见她回头,他朝她微笑,她便也一笑。

出了门朝公司走去,林姗姗心绪烦乱,欧阳宇颓唐的面容在她脑际挥之不去。本以为和欧阳宇的故事已经终结,她正努力试着放下这段情,谁知还有续篇。意气风发的欧阳宇,竟然一副失魂落魄的模样,而自己却爱莫能助。这世上,唯有一个女人可以帮他,那就是他的妻子。她可以让他下地狱,也可以将他从地狱拯救出来。

如若失去的是她林姗姗，欧阳宇会失落，但绝不至于到这般田地，因为她本就是额外的那一个。都说出场顺序重要，没错，先出场的人是她，但从一开始她就无意进场。等到角色就绪，再想入场，为时已晚。

欧阳宇目送林姗姗进了公司才结账离去。

按说，像他这样怀有非分之想的男人，妻子不在家，他该如鱼得水才对。可是，自从彭嘉佳不告而别，他就仿佛受了重创，一蹶不振。他从未担心过有朝一日会失去彭嘉佳，他的这份笃定，被彭嘉佳的突然抽离击得粉碎。

他这才意识到，不知何时起，自己竟活得得意忘形了。事业有成、家庭和睦，这一切顺理成章地组成了他令人歆羡的生活，连生育的遗憾也被外人赋予了善意的解释，显出几分传奇色彩。以往看来珍贵的人、事、物，一旦天长地久地拥有，就变得稀松平常。

若论感情，事到如今，他仍坚信，爱情之箭明确地指向林姗姗。论生活起居，一个或数个优质的保姆完全可以将他的生活料理得妥妥帖帖。最差的结果无非离婚。以他欧阳宇的条件，恢复单身，恐怕大受欢迎。若再娶，说不定还能拥有子嗣。当然，这是后话。

最大的损失，莫过于资产缩水。夫妻俩共同奋斗多年的成果将要一分为二，这是欧阳宇最不想看到的。虽然，凭

第八章 出　走

他的能力，恢复身价指日可待。但是，打下的江山有谁愿意拱手相让？况且，流失的资产并不能换来他和林姗姗修成正果。人财两空，没有比这个笑话更能让同行和对手兴奋的了。

难道彭嘉佳存在的意义仅仅只是二分之一家产？这么说，又似乎哪里不对劲。

一天上午，临出门前，欧阳宇抬眼望见了挂在玄关墙上的画。这幅画经年累月地镶在画框里，他早已熟视无睹。说来也怪，当彭嘉佳消失得无影无踪时，家中的一切便都萦绕着她的气息，令他随时随刻都能想起与她有关的种种往事。

这是彭嘉佳特别喜欢的一幅画。他依稀记得，那是乍暖还寒的季节，彭嘉佳裹着针织披肩站在画前对他说："知道我为什么喜欢这幅画吗？我觉得它很像你和我。"

"说来听听。"

"你看这背景，草绿的底色，上面起伏着米黄色的曲线，很像波动的帷幕。画中央这一大捧玫瑰，米黄的花朵，绿色的叶子，像是从轻漾的帷幕中孕育出来的。"

"怎么解释？"

"你和我就是背景中的两种颜色，你中有我，我中有你，我们一起创造了花儿一样美好的生活。"

当时，欧阳宇被彭嘉佳孩子气的解释逗得哈哈大笑。现在，他严肃地打量画中的背景，第一次仔细琢磨彭嘉佳的这番话。不是吗，彭嘉佳不就是他人生画卷中无法抽离的色彩吗？

多年来，他与她联手绘制独属于他俩的人生画卷，唯有从他们共同调制的背景下衍生出来的景致，才可能如花般美好。假若非要添上与基调格格不入的一笔，要么换背景，要么撤销那痴心妄想的一笔。否则，精心绘制的鸿篇巨制只能沦为残次品。换背景谈何容易，是连同背景之下的风光都要换走的。

彭嘉佳的撤离，使欧阳宇的人生底色在一夜间显出丑陋的斑驳样。欧阳宇的底盘乱了。激发他追求事业和爱情的力量，正是来自他近乎完美的人生底色，而这是他以往心安理得地拥有着，却忘乎所以地忽略着的。拥有林姗姗是锦上添花，若无锦缎，花绣何处？

出了临街咖啡馆，欧阳宇散漫地在街巷游走。明知有好几宗业务等着他去处理，周华已打来数个电话催促他回公司，他只答"知道了"便挂了机。

欧阳宇是经过一段时日的调整，才鼓起勇气来见林姗姗的。见到心上人，他恍然发现，她与自己活在两个世界。她的世界阳光明媚。从她恬淡的表情里，既读不出牵挂，也捕捉不到怨恨。一切的一切，在她那里，似乎已成过眼云烟。欧阳宇甚至怀疑，她爱他，纯粹是自己的幻想。

唯一令欧阳宇宽慰的是林姗姗温柔的劝慰，除此之外，

第八章 出　走

她连一个拥抱都不敢给予。而自己，像极一个闯了祸的孩子，在长辈的责骂声中，在同伴的冷落中，孤独无助地扛下了所有后果。他第一次对这段感情产生了失望。然而，他无法责怪林姗姗，因为她已经是别人生活中不可或缺的色彩，是自己硬要把她从别人的底色中剥离出来糅进自己的画卷。

欧阳宇历来崇尚理性生活，所有不理智的行为，在他的世界里都是可耻的。单美珍事件是他的耻辱，幸好有彭嘉佳及时止损。而林姗姗的出现，彻底打乱了他的节奏，纵使彭嘉佳百般阻挠亦无济于事。

对彭嘉佳和单美珍的喜欢，欧阳宇是说得清道得明的，那都源于最初对她们才情的赏识。而林姗姗，从开始就注定是他的例外。对她一见倾心的时候，欧阳宇的情感世界还是张白纸，没有权衡没有比较，她的一切，只要是她的，他都接受。

在他人到中年阅人无数后，他十分清楚自己钟情于哪类女子，而这一类女人身上所具备的特点，林姗姗未必有。每每想到这里，欧阳宇的思绪就停滞了。他不舍得评判林姗姗，不舍得将她的个人条件掰开了揉碎了来掂量。他只知道她长在了他的心里，缕缕根须牵丝攀藤，稳稳扎进他心灵的最深处。若要连根拔除，恐怕连带他心脏的血肉也要一起拉扯出来。可是，因为不舍和不甘，他活成了自己鄙视的样子。

不知不觉，欧阳宇来到了那个熟悉的拐角。在这里，他多少次怀揣期待,静候心上人的出现。那些望眼欲穿的傍晚仍历历在目,内心却伤感往事已遥不可及。

忽然间,他产生了一个想法,他停下脚步,转身朝来时的小路望去。他想,会不会有奇迹出现,她会不会尾随而来?

小路静寂无人,只有两边院墙垂下来的凌霄叶在风中轻颤。这才是正解,她不是那样的女人,她不冲动,不勇敢,爱得节制。他恨她在爱情面前畏首畏尾,却又因这份矜持更觉她楚楚动人。

身后的木门"吱呀"一声开了,从里面走出来一位老人,他警惕地打量着欧阳宇:"请问您找谁?"

欧阳宇这才惊觉自己挡在了别人的家门前。他抬腕看表,像是自言自语,又像是在回答老人:"我等的人,她不会来了。"说罢,便朝停车场走去。

4

朦胧的灯光下,女人的手摸索着伸向自己的锁骨,摸到第一粒纽扣,解开,往下,第二粒纽扣,解开。奇怪,纽扣越解越多,密密地排着长队,等待她去触摸。在她松开靠近肚脐的那粒扣子时,一只男人的大手轻轻撩开覆在她身上薄如蝉翼的桑蚕丝,贴住了她凝脂如雪的肌肤。男人出奇地温柔,她瞬间感觉自己飘到了空中……

彭嘉佳醒了,两滴清泪沿着太阳穴流下去,濡湿了耳朵。总是如此,同样的梦境,同样的午夜梦回。梦里的女人就是自己,她在梦中分明感受到了身体的愉悦,醒来却是百转千回的惆怅交织着怨艾。那只儒雅而放肆的手是魏鹏程的。这是她不愿回想的场景,却三番五次出现在梦境。

那一晚,酒店的豪华套间内灯火通明,魏鹏程衣冠齐整地坐在欧式真皮扶手椅上,二郎腿悠闲地跷起。他的目光在她身上从容游移,目力已穿透衣物,抚遍她的身体。这是彭嘉佳在精心装扮后奔赴的一次疯狂约会。她料想,魏鹏程必定以为她是专程去谢他的,以不可言说的方式。唯有她自己清楚,她要狠狠地报复欧阳宇。

彭嘉佳和魏鹏程相识于多年前的一场酒会。魏鹏程是聚会中当仁不让的主角,享受着众星捧月的待遇。他本就是家境优渥的富二代,又有着青出于蓝而胜于蓝的商业头脑,令一众后生仰慕膜拜。魏夫人的娘家,家底相当了得,加之魏夫人自己也是个能干的主,夫妇强强联手,在商界叱咤风云多年。彭嘉佳本无意攀附,却被熟人拉到魏鹏程跟前做介绍。就这样,他们算是认识了。

之后,他们在不同场合巧遇过,免不了一番寒暄。一个活跃于社交场合的女人,哪个男人对她青眼有加,心中是颇有数的。魏鹏程看她时的眼神,是比别人多一重含义的,除了看,他还在欣赏,对她的态度也要比对待旁人温柔些。彭嘉佳心领神会。

做生意,和为贵。青睐她的男人时而有之,他们通常有她需要的资源,因而绝不能拒人千里,却也不能靠他们太近,只能在似有若无的暧昧中时远时近。这些周旋有时挺伤脑筋,彭嘉佳将之视作职业技能来锻炼。

就在她为了丈夫的不忠而费尽心神的那段时间里,在朋友的生日宴上,她又遇见了魏鹏程。席间,魏鹏程把彭嘉佳请到清静的露台,试探地问:"嘉佳,你还好吗?"

彭嘉佳自以为将心事隐藏得天衣无缝。她承认,夜晚,自己是怨妇,但白天,她依然是靓丽的职场精英。现在,从魏鹏程的表情里,彭嘉佳明白了,再浓重的妆容都难掩她涣散的精气神,哭到无力,重度失眠,这些,无一不在她的脸上留下了痕迹。

人在脆弱时,最怕温情。一句简单的问候直击心坎,泪水大颗大颗涌了出来。魏鹏程了然,这个冰雪聪明的女人遇到难题了。他轻拍彭嘉佳的肩,劝她收拾好情绪,免得让人看笑话。最后,他留给她一句话:"如果需要帮助就告诉我。"

去找魏鹏程之前,彭嘉佳踌躇良久。一个不成熟的计划

第八章 出 走

早在她心中酝酿,最大的问题是,她难以物色到合适的执行者。魏鹏程神通广大,彭嘉佳早有耳闻。她担心的是,计划一旦说出来,他会怎么看她?如果在知悉计划后他还愿意鼎力相助,她必定重谢。

那是一段无比难挨的日子。一想到丈夫和另一个女人亲密无间,彭嘉佳的胸口便撕裂般疼痛。他们之间怎么可能还清白,一定早已颠鸾倒凤无数次。留给自己的,只有丈夫的冷漠和那个女人梦魇般的笑容。她恨欧阳宇,更恨把欧阳宇迷得神魂颠倒的林姗姗。当她的恨意积聚到了一定浓度,她要摧毁林姗姗的怨念远远超过了对自己的顾惜之心,彭嘉佳终于做出了决定。

空旷无人的堤坝上,江风吹乱了彭嘉佳的头发,几缕发丝贴着脸庞在她眼前飞扬,三个字从她整齐的齿列中挤出来:"奸了她。"

魏鹏程迎风而立,薄外套被江风灌成鼓胀的风帆。"真的要这样吗?"他问。彭嘉佳敏锐地捕捉到了魏鹏程眼中一闪而过的惊诧。

"是!"

魏鹏程望着远处的地平线,嘴角挂一抹浅笑:"别太狠,差不多就行了。"

"不能便宜了她!"彭嘉佳愤愤道。

"女人太狠容易变丑。"魏鹏程的目光收回来,在彭嘉佳的眉眼处逗留。

"你说怎么办?"彭嘉佳看住魏鹏程,希望他能说出令她满意的答案。

"交给我,分寸我来把握。"

彭嘉佳心有不甘,却也只能如此。关于这件事,她既没有可以倾诉的对象,也找不到可以共谋的同党。眼前这个年长又富有社会经验的男人,或许他对利弊的权衡更得当。

足足等了一个月,死寂的午夜,手机发出短促而刺耳的铃音,惊得半梦半醒的彭嘉佳一个激灵。黑暗中,她抓过手机,看到了魏鹏程发过来的两个字母:"OK!"

从魏鹏程那里,彭嘉佳知悉了事情的经过。林姗姗当场昏厥,她当然满意。只是没有得到最初想要的结果,未免美中不足。彭嘉佳恍然意识到,魏鹏程风流是人尽皆知的,倘若魏鹏程的每个情妇都被他夫人下毒手的话,他于心难忍。他把对女人的怜惜推己及人,自然就不忍心对另一个男人的情妇下毒手。在这一点上,男人们是天生的共犯。想到这里,彭嘉佳不禁苦笑。

无论行事怎样隐蔽,在欧阳宇面前,她的作案动机无处遁形。这一点,彭嘉佳心知肚明。虽然欧阳宇没有将这一切点破,但是他难掩对她的厌恶之情。

第八章 出 走

她一度惶恐过,丈夫会不会和情妇再度联手对付自己?这一次可是犯罪。冷静下来后,她相信,事情并没有那么糟糕。毕竟,欧阳宇还是她的合法丈夫,他们共享着丰厚的家产。仅凭这一点,欧阳宇也不至于轻易与她鱼死网破。而那个女人有自己的家,她恐怕只能吃哑巴亏,大事化小小事化了是她最明智的选择。

是在欧阳宇与日俱增的冷漠中,彭嘉佳明白了魏鹏程"别太狠"的用意。倘若一意孤行,硬是置林姗姗于万劫不复之地,那么她可能真的会永失欧阳宇。

彭嘉佳把自己的身体交给魏鹏程之后,并没有获得报复后的快感。魏鹏程不愧为情场高手,他对女人的温存驾轻就熟。在他的撩拨下,彭嘉佳轻而易举地入了戏。戏份中销魂的体验有多醉人,清醒后内心的罪恶感就有多强烈。完事后,魏鹏程曾圈住她的身体留她过夜。彭嘉佳委婉地拒绝了,魏鹏程便也没有再挽留。

离开酒店,时间尚早,彭嘉佳去了时常光顾的美容院做SPA。她要用浴盐搓去全身角质,借用女孩的手抹去身上男人的痕迹,用芬芳祛除雄性的气味。她闭上眼,身体享受着周到至极的服务,内心却凄惶无助:"我报复了谁?不,我报复不了谁。那完全不同,他们是两情相悦地做爱,而我却是无情地交媾。我只是作践了自己。"彭嘉佳想着,心如刀绞。

这一切，不都源于欧阳宇和那个女人吗？为什么欧阳宇认为林姗姗是受害者？我才是真正的受害者！彭嘉佳不自觉地将牙关咬得格格作响。

"彭姐，您冷吗？我把水温调高一点。"细心的技师体察到了彭嘉佳的异常。彭嘉佳如梦初醒，她勉强道了声谢，重又沉浸回苦涩的世界中。

两天后，魏鹏程收到一对精美的腕表，他用拇指轻巧地顶开礼盒的翻盖，一双夜空蓝表盘在黝暗中闪耀着尊贵的银光。只此一瞥，魏鹏程便已明了，这是新近被炒作得极为火爆的限量款手表，能搞到手的，都非等闲之辈。礼品袋内侧浅浅地粘了张名片，是彭嘉佳的。

彭嘉佳不再奢望有谁能拯救她，她独自承受着所有苦楚。濒临疯狂之际，久未联系的方晓喻给她发来消息："亲爱的，别来无恙？"

彭嘉佳如同抓到了救命稻草，她拨通电话，重重心事朝着昔日的闺中密友汹涌倾吐。方晓喻万分惊诧，她以为彭嘉佳生活得很幸福，一如她多年前亲眼所见的那样，如今竟是这般光景。

听完彭嘉佳带泪的倾诉，方晓喻向好友发出了邀请："嘉佳，来我这儿吧！不管以前发生过什么，也不要揣测将来会发生什么，眼下最重要的是离开这乌七八糟的一切。"

第九章

尾　声

1

自从在临街咖啡馆告别欧阳宇以后，林姗姗的内心颇不宁静。她预感，命运之神将欧阳宇安排在她身边的时间已所剩无几，他将回到妻子身边，他们会重归于好，或许，他们将在异乡开始新的生活。

对于欧阳宇，她用了最节制的方式去爱。她自认为这是对待这段感情最美好的方式。而所谓节制之爱，不过是缘于她对欧阳宇的确定。她笃信他爱她，这份爱浓烈而稳定，从未远离。她冷淡的表象，其实是恃宠而骄。只不过这一点，连她自己都未察觉。

欧阳宇的再度出现，点燃了她的激情。尤其当她意识到，在不久的将来，她将永远失去欧阳宇，或许余生永不相见，她内心便产生了不顾一切的冲动，她要去找他，毫无保留地告诉他，他有多爱她，她也就有多爱他。这股冲动强烈得令她害怕。

"我想见你。"一个寻常的上午,欧阳宇的手机里跳出了林姗姗发来的信息。

"我在山墅度假村,"欧阳宇秒回,"这里很美,想邀你共进午餐。"

林姗姗脸颊发烫,她朝电脑屏右下角瞥去,那里正显示着 10:15。她迅速盘算着,今天没有重要任务,她可以和欧阳宇共进午餐,下午上班前赶回公司。这么想着,她回了一条信息:"今天中午正好有空。"

"我派车来接你。"

一辆黑色轿车把林姗姗载到了位于度假村东南隅的一座中式庭院前。院门敞开着,一下车,林姗姗就看见欧阳宇站在庭院深处。轿车开走了,剩下他和她隔着院子相视而立。直到欧阳宇向门外迎来,林姗姗才缓过神,她朝前走几步,跨过门槛,进了院子。

庭院亦古亦今,很是雅致。院子中间,参天的银杏树撑开无数把嫩绿的小扇子,阳光穿过嫩叶间的空隙,碎金一般洒落在树下的小茶几上,矮凳上,青石板上。

欧阳宇将林姗姗往里请,他气色不错,脸颊丰润了些,林姗姗的到来更为他增添几分喜色:"你能来,我真的太高兴了!"

"你一个人住在这里?"林姗姗边走边环视着空荡荡的

第九章 尾 声

院落。

"不然呢?"欧阳宇显得很无奈,"出来散散心。"

两人说着话穿过天井来到餐厅。餐桌上已经摆满了菜肴,热菜均用镶了金线的骨瓷盖覆住,碗碟筷勺都已就位。欧阳宇热情地招呼林姗姗落座,席间为她夹菜续水递纸巾,照顾得十分周全。

"你说,你想见我?"欧阳宇笑得暧昧。

林姗姗两颊绯红,恨不得找个地洞钻进去。

"为什么?"欧阳宇哪里肯放过,他柔声追问。

"只是想看看你,看你过得好不好。"

"这么关心我吗?"

林姗姗羞涩得再也说不出话来。

用过午餐,欧阳宇推开餐厅的侧门,那里通向另一方天井。天井较小,由餐厅、卧房和客厅的外墙围成。林姗姗欣喜地看到,墙角有一株樱花开得正盛,满枝满丫的小花瓣,将树冠装扮成一大朵洁白的云。林姗姗怜爱地抚弄着樱花,自言自语道:"美是美,可惜不长久。"

"你什么时候去找她?"她幽幽地问。

"你希望我去吗?"欧阳宇也站到樱花下。

"你当然应该去。"林姗姗绕过欧阳宇站到客厅外的格子窗户边。

"我是说,你希望我去吗?"欧阳宇把重音放在"希望"二字上。

"希望。"

"真的?"

"真的。"

"自欺欺人!"欧阳宇反身挡在了林姗姗面前,"分明说想见我,来了又假装无所谓。你还要装到什么时候?知道吗,与她言和的代价,是放弃你,永远放弃!"

不言自明的事实,听欧阳宇亲口道出,林姗姗的心隐隐作痛,眼泪夺眶而出。她的预感没有错,他们已进入倒计时。泪眼婆娑中,她被欧阳宇拥入怀中。

"那就放弃我,放弃我比放弃她来得容易。她才是你命定的归宿。"

"你舍得吗?"

"不舍得又怎样?情深缘浅,由不得你我。"

"不,是情深缘深。"欧阳宇将林姗姗抱得更紧。他的下巴碰到了她冰凉的耳郭,他用唇去温热她的耳垂。这一触及便一发不可收拾,耳垂,颈项,锁骨,他的唇一路下滑。林姗姗没有抗拒,她与他一同陷入了狂热的混沌中。

一长串手机铃音不合时宜地响起,无人理会。短暂的静寂后,座机铃声大作,仍无人理会。座机停止嚣叫,手机又高

第九章 尾 声

声欢唱。欧阳宇深情款款地捧住林姗姗的脸说道:"我要你!等我。"随后,他接通了电话。

欧阳宇的指令柔情又不容置疑,林姗姗像被催眠了似的,不由自主地朝卫生间走去。

推开卫生间的门,首先落入视线的是庞大的双人按摩浴缸。浴缸的一侧并排安装着两个黑色靠枕,靠枕后面宽敞的边沿上,摆着一瓶蓝色浴盐和一碟红得触目惊心的玫瑰花瓣。幻想眼看就要成真,林姗姗却显得不知所措。浴缸的内壁分布着大大小小的喷头,像许多只眼睛质疑着她,她不由得背过身去。

一抬眼,面前站着一个女人,林姗姗震住了。这是一个衣冠不整的中年妇女,凌乱的发间,新生的白色发根在灯光下闪着微弱的银光,双眼因为哭泣而红肿,素日并不明显的眼袋,受了泪水的浸泡,鼓胀得十分扎眼。毛衣被揉乱了,歪歪扭扭地缠住上身,既不紧致又不平坦的小腹被下摆的罗口勒得原形毕露。

"这就是我吗?"林姗姗摸了摸自己的脸,落地镜中的女人也摸了摸自己的脸。

"我竟这么丑!"她倒吸一口冷气。像是要求证什么,林姗姗利索地锁上门,脱光了衣服。

上一次看赤身裸体的自己是和许若年蜜月旅行时。那一次，也是在酒店的落地镜前，她看到的是朝气蓬勃的身体，浑圆，挺拔，富有弹性。她竟忘了，岁月从来不曾饶过谁。

果然，映入眼帘的身体尽管依然白皙，却难掩松弛的肌肤和下垂的乳房所带来的丑态。更难以直视的是生小诺时留下的痕迹，妊娠纹宛如银色文身布满小腹，剖宫产刀疤横亘在敏感地带，像紧抿的嘴唇缄口不语。生育留下的痕迹，许若年喜欢。他说，那是他和她共同创造的作品。可是，对于欧阳宇而言，这些作品，想必不仅毫无美感，而且该是极其煞风景的。

"我这是昏了头吗，要把这么不堪的自己给他看?!"直视着自己的身体，林姗姗自卑得无以复加。

她蓦然清醒，迅速穿上衣服，胡乱抓了抓头发，将卫生间的门悄悄拉开一条缝。欧阳宇仍在小天井接电话。趁他不注意，林姗姗猫进餐厅，拎起手提包，蹑手蹑脚地往外溜去……

傍晚，许若年正在厨房忙活，听到开门声，他探出身子，一眼就看出了林姗姗的异常："眼睛怎么了?"

林姗姗侧过身，把包挂到衣帽架上，故作轻松道："风沙迷了眼，很痛，流了不少眼泪。"

"我看看。"许若年放下手里的活，洗干净双手，走到妻子跟前打算看个究竟。

"已经没事了。"林姗姗伸出手，本能地一挡。

第九章 尾　声

走进卧室关上门,林姗姗打开镜前灯,把脸凑到梳妆镜前仔细查看,眼睛仍有些肿。她取出眼影刷,蘸少许深棕色眼影粉轻扫眼睑。不行,着色太深。她赶紧从盒子里抽出一片化妆棉在眼睑处轻轻擦拭。林姗姗心里敲着小鼓,怎么做才能既减轻眼部浮肿,又不让丈夫看出她回家后还补过妆?

"姗姗,吃饭了。"许若年的声音从餐厅传来。

林姗姗收起化妆盒,用手指掸了掸刚刷上去的眼影,匆匆瞥了一眼镜中的自己,离开了卧室。

晚饭后,许若年一头扎进书房忙他的工作。敞亮的厨房里,林姗姗戴着橡胶手套慢吞吞地洗着碗,心里想的全是这个下午,下午的欧阳宇,下午的自己。

当时,趁欧阳宇不注意,她悄没声儿地往外走去。来到庭院的大门边,她移开古铜色的门闩,手拽上门环使了几次力,大门纹丝不动。她抬眼朝门顶望去,想看一看那里是否还有锁,却见一只男人的大手用力地撑在门上。欧阳宇的声音从身后传来:"去哪儿?"

林姗姗慌忙转过身,将背抵在门上,喃喃道:"不早了,我该上班去了。"

"又想逃?"

"我……"

"怎么了？不舒服吗？"

"我……"

"什么？"欧阳宇不解其意。

"如果有缘，我们来世再做夫妻。"泪水在林姗姗的眼眶里打转。

"为什么还要等到来世？"欧阳宇呢喃着，低下头去吻林姗姗。魔一样的欧阳宇，怎是林姗姗抵挡得了的？他的温柔瓦解了她最后一层防御。

就靠着庭院的黑漆木门，就在天井的蓝天碧云下，他们被势不可当的激情裹挟着，从庭院到卧房，从席梦思到沙发，爱抚由轻缓而渐至激烈，暗涌一波未平又起一波。

林姗姗醉了，自卑感和罪恶感统统抛诸脑后，她只想争分夺秒地感受来自欧阳宇的疯狂。他身体内有一座积蓄已久的火山，在这个下午喷薄而出。这是一个狂欢的午后，她的存在，一而再再而三地唤起他浓烈的爱欲。欢愉伴随着伤感，梦呓夹杂着泪水。

2

半年后。

第九章 尾　声

临下班前，忙碌了一整天的林姗姗慵懒地靠着椅背。自从山墅度假村一别，她再没有见过欧阳宇。她和他似乎心照不宣地达成了共识，那次，是起点，也是终点。今晚，她又将见到欧阳宇。为了与妻子言和，他将远行，走之前希望能再见她一面。尽管这是早已揭晓的结局，但当这一天真的来临时，林姗姗的内心还是五味杂陈。

约会地点仍选在欧阳宇兄弟开的茶庄，依然是那间隐蔽的包厢。推开包厢门，林姗姗一眼便看见欧阳宇高大的背影，他正站在窗前远眺。听到动静，他转过身。看清楚进来的人是林姗姗，他大步走上前，不由分说地抱住了她。

投入欧阳宇怀中的那一瞬间，林姗姗的心碎了，泪水源源不断地漫出眼眶。欧阳宇的臂膀十分用力，她感到自己的身体也将要碎了。她甚至呼吸困难，可她尽情享受着这令人窒息的最后的温暖。

"欧阳！"她不自觉地叫出了声。

"嗯？"

"不要把我忘了。"

"怎么会？"欧阳宇声音沙哑。

他们在桌边坐下，欧阳宇照例摆开茶具。滚烫的开水沿着茶碗的边缘注入，久违的茶香拂过鼻尖，林姗姗深呼吸，她要将这属于欧阳宇的香味锁入心底。

"我可能一时半会儿回不来,她在那里找了位生育方面的专家,她现在比任何时候都想要孩子。"

"好,是该有个孩子。"林姗姗使劲点头,"去了以后,态度要好,多哄哄她,别犯倔。"

"嗯。"

欧阳宇将一个牛皮纸包推到林姗姗跟前:"这是我的日记,里面记的都是你。如果方便的话,我希望由你替我保管。"

接过纸包,林姗姗轻轻摩挲着牛皮纸。

"我还有一个请求。"

"你说。"

"我乘坐的航班明天上午九点半起飞,那个时段,你能看一看天空吗?如果有架飞机飞过,你看着它,那时候,我也看着你……"

林姗姗的眼泪扑簌簌地往下掉,她伸出手捂住了欧阳宇的嘴:"快别说了,我都答应!"

欧阳宇紧紧握住她的手,亲吻她的掌心。

这一晚,林姗姗不敢回家,哭肿的眼已不是眼影可以遮掩的了。不得已,她去了孙灵飞家。孙灵飞打电话给许若年,说想留林姗姗住一晚,两人要说说体己话。许若年当然答应了。

第二天,天清气朗,万里无云,林姗姗早早地出了门。今天的她，身着鲜红的波希米亚风长裙，在人群中犹如一团跃动的火焰。明知欧阳宇看不见，林姗姗还是给自己化了一个精致的妆容，眉梢、眼尾、嘴角，细枝末节处都一丝不苟地勾勒出迷人的线条。这场隔空约会，是她和欧阳宇体面地退出彼此生活的仪式，她要为此献上华丽的谢幕礼。

刚过九点，林姗姗从办公室出来。出了公司大门往北走，穿过斑马线，走完一条狭长的巷子，便来到一片空旷地。这是新近建设的商业综合体广场，商铺的玻璃门上都还拴着沉重的U形锁，广场上空无一人。林姗姗面朝机场的方向站定。

不多会儿，天际出现一个黑点，黑点渐渐近了，像一枚十字架在空中平移。林姗姗将手掌搭在前额，眼睛眯成一条线，她看清了，一架银灰色的飞机由远至近。她举起早就准备好的红丝巾，朝着天空挥舞。湛蓝的晴空下，伴随着发动机低沉的呜咽声，飞机闪着银光掠过头顶，在天空划出一道柔长的白练。林姗姗仰望蓝天，泪如泉涌。

3

深秋的夜是萧瑟的。离开闹哄哄的酒席，许若年和林姗姗并肩走在清冷的街上。

"你刚才哭了。"许若年侧过脸去看妻子。

"是啊,每次参加婚礼都会被感动。"

"仅仅是感动?或许还有那么一丁点后悔吧?如果可以再嫁一次的话……"

"你怎么这么说?"林姗姗诧异地看向丈夫。

"我开玩笑的。"许若年笑笑。

"我不后悔,你就是我最好的归宿。"林姗姗挽住了丈夫的手臂。

"真的吗?"许若年停下脚步,定睛看住妻子。

"你今天怎么了?"林姗姗觉得丈夫反常。

"没什么。我在想,小诺将来一定要幸福。"

"嗯,到时候,我们可得好好把关。"

"到了那一天,你就是岳母大人了。不知道你做岳母是什么样子。"

"也不知道你做岳父是什么样子,"林姗姗不由得笑道,"我们还要一起带外孙和外孙女。"

回到家,许若年早早躺下了。这些日子,他连续加班,确实辛苦。

临睡前,林姗姗照例去每个房间检查窗户是否关好。她来到书房,看到桌面和地板上摆满了图纸和书籍。丈夫的工

第九章　尾　声

作资料,她向来是不碰的,怕不小心弄乱了顺序给他添麻烦。

林姗姗踮起脚尖跨过一叠图册来到窗边,她从书桌上方探出身子去关窗户,"啪",一沓资料被她从桌面带到了地上摔成一堆。她赶紧蹲下身,试图把纸和书册恢复原样。

就在这时,乱书堆中露出两个烫金的楷体字,它们在灯下泛着可疑的光泽,牢牢地抓住了林姗姗的视线,那两个字是——嘉佳。林姗姗迅速扒开周围的纸张——这是一张名片,一半藏在信封里,一半滑出了信封。信封里,除了名片,还有一页信纸。热血涌上来,展开信纸,林姗姗的手在颤抖。

尊敬的许先生:

您好!

写信给您,实属无奈。您的爱妻林姗姗行为有失检点,与我先生关系暧昧,不知您是否有所察觉?若不及时阻挠,事态恐怕会愈加严重。如果我们联手合作,或许能在最短的时间内解决问题。有兴趣的话,您可与我联系,名片已附。若您无意干涉,就请把这封信交给碎纸机。

请原谅一个女人为捍卫婚姻而冒的险。

欧阳宇的妻子　彭嘉佳

没有落款时间。林姗姗把信纸和信封翻来覆去看了个遍,也没找到一丝线索来证明这封信写于哪年哪月。适才涌上头部的血色已经褪去,林姗姗的脸无比苍白。